DANCING★HIGH

図書館版

ダンシング★ハイ

工藤 純子

カスカベ アキラ◉絵

ポプラ社

ダンシング★ハイ

アイドルと奇跡のダンスバトル！

佐久間先生
イッポのクラスの担任。
クールな美人。
野間一歩／イッポ
小学5年生。
ドジで引っ込み思案だけど、
歌だけはちょっと得意。
白鳥沙理奈／サリナ
おしゃれでかわいい、
クラスの女子の中心的存在。
家はバレエ教室。

人物紹介

東海林風馬／ロボ
家は写真館で、カメラが好き。
運動は苦手だが、太極拳をしている。
一条美喜／ミッキー
ダンスが得意な元芸能人。
かっこいいけど、
無愛想な一ぴき狼。
杉浦海未／ネコ
動物好き。
特にねこが好きで、
自分で洋服をねこ風に
アレンジしている。

もくじ

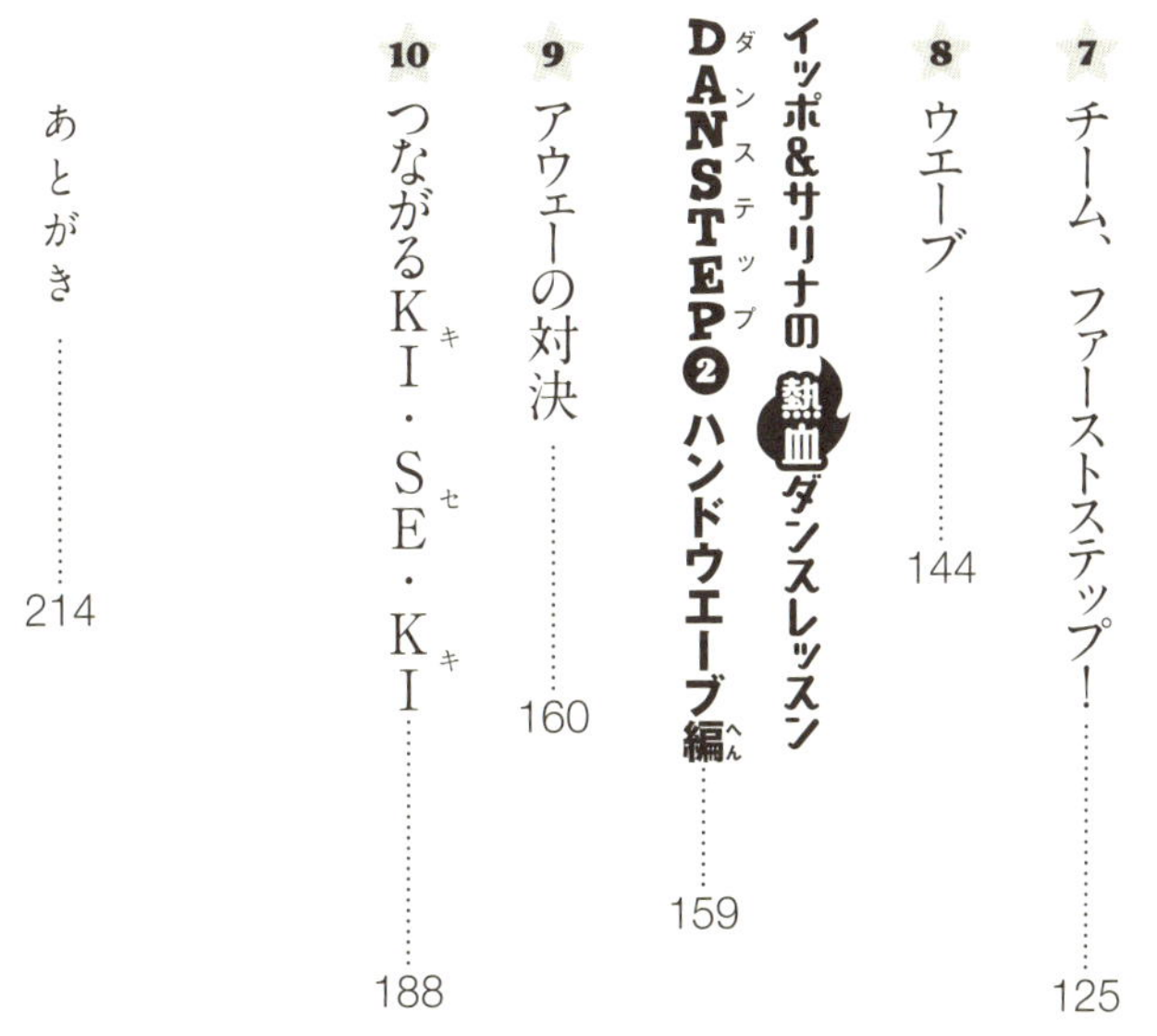

1 コーチが決まった！

放課後、あたしたち五人は、職員室に集合した。

「ダンスチームのメンバーが、そろいました！」

しずかな職員室に、サリナの声が響く。顔をあげた五年一組の担任、佐久間先生が目をぱちくりさせた。

「え？　ダンスチームって……あなたたち？」

「はいっ！」

声をそろえて答えるあたしたちを見て、佐久間先生は不思議そうな顔をしている。

「先生、いいましたよね!?　五人そろったら、コーチをひきうけてくれるって！」

サリナが、ぐっと目に力をこめた。白鳥沙理奈は、ふだんは天使みたいにかわいくてやさしいのに、ダンスのことになると悪魔みたいにおっかない。いまだって、ものすごい迫力。

「ほんとうに、みんなダンスをやるの？」

先生が、あたしたちひとりひとりをじっと見つめかえした。なんとなく、疑っている感じ。

「も、もちろんです！」

背中をピッとのばしながら、ロボの声がひっくりかえった。

「ぼくは、ロ、ロボットダンスをかっこよくおどりたいんです！」

ロボって呼ばれている東海林風馬は、運動が苦手で動きもスロー。体育のときのストレッチがぎこちなくて、こわれたロボットみたいとわらわれたけど、そんなやつらを見かえしてやるってがんばっている。

「うちはぁ、ねこと遊ぶのと同じくらい、ダンスもおもしろそうだなぁと思って」

そういいながら、まねきねこみたいに手を丸めているのは、杉浦海未。洋服にしっぽや耳をつけちゃうくらい、大のねこ好き。だから、呼び名もネコっていう。

「先生がどうしても教えたいっていうなら、オレは別にかまわないけど」

一条美喜が、腕をくみながらえらそうにいった。元子役アイドルで、そのときの芸名をそのままつかってミッキー。ばつぐんのルックスでダンスもうまいけど、いつも上から目線なんだよね。

「先生！」

あたしが足をふみだすと、先生がイスごと体をひいた。

「あたしたち、ほんとうにダンスがやりたいんです！」

両手のこぶしをにぎりしめて、あたしは熱くせまった。野間一歩の名前から、サリナがイッポって呼び名をつけてくれた。体がかたくて方向音痴、ひっこみ思案なあたしが、まさかダンスをするなんて思ってもいなかったけど……。いまは、とにかくダンスがやりたい、うまくなりたいっていう気持ちでいっぱいだ。

「とつぜんそういわれても……ねぇ」

「先生、約束でしょう？　お願いします！」

サリナが大きな声でいうと、先生はため息をついた。

「たしかに約束したけど、いろいろいそがしいし」

　そういいながら、分厚いスケジュール帳をとりだしてめくっていく。あたしたちがのぞきこもうとしたら、さっとかくすようにイスを回転させた。

「う〜ん、やっぱり、ずっと予定がつまってるなぁ」

「あ、月曜の放課後が、空いてますよ！」

　背のびをしながらあたしが指さすと、佐久間先生はあわててスケジュール帳をとじた。

「でも、場所がないよ。体育館は、他の子たちもつかってるし……」

「そんなの、ちっともかまいません！　月曜

の放課後、体育館に集合ですね！」

サリナが勢いよくいった。わぁっと、みんなに笑顔が広がる。

練習日が決まった！

いまは、水曜日と土曜日に、みんなで集まって練習をしている。それに月曜日もくわわって、コーチがつけば……あたしたちは、もっともっと、うまくなれるはず！

「では、月曜日、よろしくお願いします！」

戸惑い顔の先生をのこして、あたしたちはドドドッと職員室をとびだした。

「よしっ」

ろう下にでたとたん、サリナがガッツポーズをする。

「サリナ、やったね！」

あたしはサリナの肩をたたいた。

「とりあえず、月曜の放課後は確保！　わたしたちのやる気を見せれば、もっと練習日をふやしてくれるかも。佐久間先生がコーチをしてくれたら、きっとうまくなれるよ！」

サリナが、ほおをそめて興奮している。もちろんあたしもうれしいけど、ちょっとわからないこともある。

「ねぇ、どうして佐久間先生じゃないといけないの？」

サリナは、佐久間先生にコーチをお願いすることにずっとこだわっている。その理由を、まだきいていなかった。

「そりゃあ……」

サリナがいいかけると、ミッキーが口をはさんだ。

「佐久間先生って、ダンスをやってたんじゃないのか？　しかも、プロに近いくらいうまいとか」

「まさか！」

おどろくあたしに、ミッキーは自信満々にいいきった。

「体育のとき、あれ？　って思ったんだ。あの動きは、絶対に素人じゃない」

「体育のときって……、ダンスなんてしてないよね？」

思いかえそうとしたけれど、ちっとも記憶にない。体育の時間に佐久間先生がやって見せてくれたのは、ストレッチくらいだ。あのとき、体のかたいあたしは、ずいぶん注意されたっけ。

「ストレッチを見ればわかるさ。佐久間先生の体の動きやのびやかさ、立っているときの姿勢だって、ふつうの人とはちがう」

「ミッキー、さすがだね」

　サリナが、ニヤッとわらった。

「ミッキーのいう通り、佐久間先生は、プロをめざしていたダンサーなの。しかも、有名な歌手のプロモーションビデオにでたこともあるんだから」

「えぇ～!?」

　びっくりだった。佐久間先生がダンサー？　しかも、プロモーションビデオにでてたって？

　おどろくあたしに、ミッキーは、やっぱりなって顔でうなずいた。

「オレもでたことがあるからわかるけど、オーディションもきびしいし、相当な腕前じゃないと無理だよな」

そう、なんだ……。

ミッキーだけかと思ったら、佐久間先生までそんな世界にいたとは！

「でも、どうしてそんな人が、小学校の先生になったの？」

ダンサーと先生って、全然ちがう職業なのに。

「それが……わからないの」

サリナの表情が、急にくもった。

「佐久間先生は、すごく勉強熱心なダンサーで、うちのバレエ教室にも習いにきてたんだ」

「白鳥バレエ教室に？」

サリナの家はこのあたりでは有名なバレエ教室で、お母さんが先生をしている。そこに通ってたっていうことは、サリナはずっと前から、先生のことを知ってたんだ。

「でも、大学生のとき、とつぜんダンスをやめてしまったの」

プロをめざしていた佐久間先生が、なぜかとつぜんダンスをやめて、小学校の先生になったなんて……。

「ミステリーだな」

ロボが、腕をくみながらいった。

「それを、うちらで解きあかそうっていうことにゃん⁉」

ネコが、ワクワクしながらいう。

「え〜、ちがうでしょ！　あたしたち、探偵団じゃないんだから。でも……気になるね」

あたしも眉をよせた。

「うん。気になるけど、いまはコーチをひきうけてもらっただけでじゅうぶんだよ！　きっとわたしたちの情熱がとどいて、ダンスが好きだったころのことを思いだしてくれると思うんだ」

サリナの言葉に、あたしたちはうなずきあった。

「そうだよね！　サリナ、ネコ、ロボ、ミッキー、あたしの力で……」

せっかくあたしが盛りあげようとしてるのに、ミッキーにバシッと頭をはたかれた。

「オマエがオレをミッキーって呼ぶのは、十年はやい！」

「そ、そんなぁ」

もぉ〜！

いつか、絶対にダンスで見かえしてやるんだから！


いよいよ、待ちに待った月曜日の放課後がやってきた。

佐久間先生は、どんなふうにダンスを教えてくれるんだろう。ワクワクしながら、あたしたちは動きやすい服装で体育館に集まった。

でも……他にもボールやなわとびで遊んでいる子たちがいて、なんだかちょっと気になる。

「ねぇ、はずかしくない？」

ちらちらと周りを気にしながら、あたしはサリナにささやいた。公園でも練習をしたことはあるけれど、あのときは知り合いが見ているわけじゃないし、もういいやって開きなおることができた。でも、体育館には同じクラスの子だっている。

「はずかしがってたら、ダンスなんてできないでしょう？　だいたいイッポは、度胸なさすぎ！」

「だ、だって、あたしヘタだし……」

いじけていると、横からミッキーが口をだしてきた。

「自分のことが、よくわかってるじゃないか」

う〜……ちょっとダンスがうまいからって、口が悪いんだから！

「でも、ぼくもいやだな。またわらわれるかも」

ロボが、もじもじとうつむいた。ロボは体育のとき、クラスのみんなにわらわれたり、からかわれたりしたから、あたしと同じ気持ちみたい。

「だったら、サリナの家で教えてもらえばいいにゃん！」

ネコが、目を細めてにかっとわらった。運動が得意なネコは、場所なんてどこでもいいって顔をしている。

「う〜ん、そうはいっても」

サリナが考えこんだ。水曜日と土曜日は、サリナの家のバレエ教室を借りて練習しているけど、そこに佐久間先生を呼ぶのは……むずかしいだろうな。

「ま、それより、先生がどんなダンスを見せてくれるのか楽しみだ」

ミッキーが、ニヤッと不敵な笑みを見せた。いよいよ本格的にダンスができるのを、楽しみにしているのが伝わってくる。

「そうだよ。佐久間先生のダンスが見られるなんて、わたしたち超ラッキーだよ」

サリナの目もキラキラと輝いていた。

ダンスにうるさいサリナがそこまでいうのなら、佐久間先生は相当うまいにちがいない。あたしまで、期待で胸が高鳴った。

「きた！」

佐久間先生が、体育のときのジャージを着てやってきた。

「よろしくお願いします！」

気合いの入ったあいさつをして見つめると、佐久間先生が口を開いた。

「じゃあ……」

ピッと笛が鳴る。いよいよだ！

「準備体操、はじめ」

あ……そっか。ちょっと気がぬけたけど、準備体操は大切。

体育館のはしっこで、いきなり体操をはじめたあたしたちを、みんながじろじろ見ている。こそこそ話したり、わらいあったり。とてつもなくはずかしいけど、がまんがまん！　これがおわったら、きっとかっこいいダンスができるんだから。

ところが……。

「つぎに、ストレッチ。手首と足首をのばして」

「はいっ！」

あたしたちは、いわれるままに佐久間先生のマネをした。ストレッチだって……大切だもんね。

「首を、前後左右にたおして。それから、肩甲骨のまわりの筋肉をほぐす」

かんたんなストレッチから、だんだんと複雑で、むずかしい動きになっていく。

「野間さん、やっぱり背筋が弱いね。それに、体もかたいし……。家でも、筋トレとストレッチをやるように」

「はい」

そういえば、この間の体育のときも、背筋が弱いっていわれたっけ。前よりはよくなったはずだけど、みんなとくらべると、まだまだなんだなぁ。

ミッキーはいうまでもないけれど、サリナもバレエをやってるし、ネコは動物なみのしなやかさ。ロボでさえ太極拳をやっていて……あたしが一番ダメなんだよね。

「床にすわって足を開いて、体を前にたおす。股関節をやわらかくして、おでこを床に近づけて……」

やっぱり、佐久間先生はすごい。ものすごいやわらかさで、どれも軽々とこなしていく。

「つぎはうつぶせに寝てから、腕をぐーっとのばして背中をそらし、天井を見る」

うわっ、いたたた……。

それにしても、おかしいな。

ストレッチは、サリナもしつこいくらいやる。それがダンスには必要不可欠で、基本ということもわかってる。でも、それにしても長い。佐久間先生、いつになったらダンスをはじめるんだろう。

「あのぉ、先生、時間が……」

さすがのサリナも、長すぎるストレッチに疑問を感じたみたい。

「あ、もうこんな時間か。じゃあ解散」

え？

あたしたちはびっくりして、目をぱちくりさせた。もう、おしまい？

「解散って、まだ体操とストレッチしかしてませんけど!?」

「わたしに指導できるのは、ここまでだから」

「そんな！　どうしてですか？　わたしたちに、ダンスを教えてくれるんじゃないんですか？　ストレッチを教えてもらうために、コーチをたのんだんじゃないのに！」

サリナが食いさがるけれど、佐久間先生は首をふった。

「ストレッチをいいかげんに考えちゃダメ。それに、わたしはもう……ダンスはやらないの」

そういって、背中を向けてしまう。

「先生！」

みんなが佐久間先生の背中を見つめたけれど、先生はふりむいてくれなかった。

2 ダンスバトルの果たし状

ここは、カシの木がたくさんある、どんぐり公園。大きい公園で、すべり台やブランコなんかの遊具があって、きれいな芝生に囲まれている。新緑が美しいいまの季節は、家族連れや子どもたちでにぎわっていた。

きょうは、水曜日。

以前はサリナの家のバレエ教室で練習してたんだけど、佐久間先生がコーチになってから、サリナは公園で練習しようといいはじめた。

外のほうが気持ちいいとか、人にダンスを見てほしいとか、そういう理由かなって思ってたんだけど。

「おかしいな……わたしたちのやる気が、まだ伝わらないのかな」

ストレッチをしている最中に、サリナがけわしい顔でつぶやいた。

「え？　やる気って？」

あたしがきくと、サリナはますますこわい顔をした。

「だって、おかしいじゃない！　佐久間先生ったら、いまだにストレッチばっかりだよ!?　こうやって人がいるところで練習をしていれば、いつか佐久間先生の耳にも入って、わたしたちのやる気が伝わると思ったのに！」

サリナの剣幕に、あたしたちは唖然とした。

「まさか……佐久間先生にやる気を見せるために、ここで練習してたの？」

サリナのダンスに対する熱意はわかるけど、たまに空まわりすることがある。

「だったら、ストレッチだけじゃ不満だって、いえばいいじゃないか」

ミッキーがもっともなことをいって、みんなもうなずいた。でも、サリナだけはまだ納得してないみたい。

「みんなもきいたでしょう？　佐久間先生は、もうダンスをやらないっていったんだよ？　だったら、わたしたちのやる気で、考えを変えてもらうしかないじゃない！」

う〜ん。でも、ここでおどってても、やる気が伝わるとは思えないけど。

「それに、人に見られることに慣れないと、いつまでも人前でおどれないでしょ？これは、一石二鳥の完璧な作戦ってわけ！」

「あたしは別に、人前でなんて……」

サリナの勢いにおされながら、あたしは口ごもった。まずはダンスができるようになることが目標だから、だれかに見せるなんて、まだ考えたこともなかった。ちょっとずつでも、うまくおどれるようになるだけで、じゅうぶん楽しい。

「何をいってるの！　人に見せたほうが、うまくなれるんだよ」

サリナはそういいきるけど、見せることがそんなに重要？　なんだかよくわからない。だいたい、あたしのダンスを見た人が喜ぶなんて、想像できないし……。

「サリナは、いいだしたら止まらないからな」

小さいころからサリナを知っているミッキーは、あきらめたというように肩をすくめた。

「どうでもいいから、はやくはじめようぜ」

ミッキーのひとことで、サリナもようやく落ちついた。

いつも通り準備体操をして、ストレッチをして、ステップの練習をする。音楽にあわせてステップをふんでいると楽しくて、佐久間先生のことも、人前でおどってることも忘れてしまう。

「きょうは、新しいステップを……」

いいかけたサリナが、顔をあげて遠くのほうを見た。あたしたちもつられて、サリナの視線を追う。あたしたちと同い年くらいの男の子が、まっすぐこちらに向かってきた。パーカーのフードを目深にかぶって、ちょっと怪しい感じ。

「こんなところで、おどってたんだ」

その子はフードをぬいで、にっこりとわらった。人なつっこい笑顔がさわやかで、ちょっとかっこいいかも。でも、その笑顔はあたしたちじゃなく、まっすぐミッキーに向けられていた。

「……タクヤ」

タクヤ？　知り合い？

「ひさしぶり。一年ぶりくらいかな？　学校がちがうと、家が近くても会うことがないね。まぁ、ぼくはいそがしいからしかたないけどさ」

友だちと呼ぶには、なんとなく微妙な距離を感じた。ミッキーとこの子、どういう関係なんだろう？

「あの……ごめんね。わたしたち、ダンスの練習中だから」

サリナが、天使の笑顔でわって入った。ふんわりとかわいい、この笑顔を見ると、たいていの男子は顔を赤くしてもじもじする。

でもその男の子は、サリナの笑顔を見て

もまったく動じなかった。

「ああ、じゃましてごめんね。ミッキーは、ぼくと同じ芸能事務所（げいのうじむしょ）だったから、つい
なつかしくて」

「え？　じゃあ、芸能人ってこと？」

　あたしはおどろいた。

「うん。知らない？　ミントブルーってグループ」

　ミントブルー？

「あ、知ってる。去年デビューした、小学生男子五人のアイドルグループでしょう？

最近、売りだし中だよね」

　サリナがいうと、タクヤくんはうれしそうだった。

「そう。ファンクラブもあるし、そのうち、もっと有名になると思うんだ。なんなら、
サインとか……」

「うん、ありがとう。でも、いまは練習中だから」

　笑みをうかべながらきっぱりと断（ことわ）るサリナに、タクヤくんの顔がこわばった。天使

の笑顔だけど、言葉の端々に、じゃまをしないでってオーラがにじみでてる。

それでもタクヤくんは、負けずにミッキーに視線をうつした。

「ぼくの友だちが、公園でミッキーがおどってるのを見たっていうから、びっくりしてさ。まさかと思って、見にきたんだ」

なんだか、ちょっとようすがおかしい。笑顔が消えて、せめるような口調になっている。

「ミッキーは、もうダンスをやめたんだと思ってた。もったいないなって、ずっと気になってたんだ。まだやってるなら、また事務所にもどって、いっしょにおどろうよ」

「もどらない」

ミッキーは冷たくいった。

「どうして?」

「オレは、芸能界に未練はない。ただ、ダンスをしたいだけだ」

それをきいて、タクヤくんはふっとわらった。

「ぼくたちにも……、未練はないんだ?」

そういって、大きなため息をつく。

「ミントブルーのメンバーになることを断ってやめたくせに、ぼくらより、こんな子たちとダンスがしたいっていうの？」

こんな子たちって……。なんか、バカにされている感じ。あたしたちのダンスを、こっそり見ていたのかもしれない。さわやかそうに見えるけど、ちょっといやな感じ。

「オレがだれとおどろうが、タクヤには関係ないだろ」

つきはなそうとするミッキーに、タクヤくんは無表情に答えた。

「ううん、関係あるよ。あんなにすごいダンスをおどるミッキーが、こんなところでおどってるなんて。ぼくたちといっしょなら、最高の設備とコーチ、それにとびきりのメンバーでダンスができるのに」

そういって、あたしたちを見まわした。

最高の設備とコーチ、それにとびきりのメンバー。

ミッキーにとっては、何より魅力的な言葉だろう。

サリナが、あたしの腕をぎゅっとつかんだ。あたしもごくっとつばをのむ。

もしかしたら、ミッキー、ほんとうはそっちのほうがいいんじゃ……。

重苦しい空気が、一瞬にして立ちこめた。でも、そんな雰囲気をものともせず、ロボが興奮して前に進みでる。

「ぼく、芸能人に会うのってはじめてだよ！　ぼくもダンスはじめたんだ！　握手してくれる⁉」

ロボったら……まったく空気を読んでない。

タクヤくんは、しかめた顔をパッときりかえて、すぐににこやかに手をのばした。

「もちろん」

握手しながら、じろじろとロボを見つめる。

「でも……きみにはダンス、向いてないと思うよ」

ひどい！　そう思った瞬間、ロボはさっと手をひっこめた。はずかしそうにうつむいている。

「ねぇねぇ、そのパーカー、どこで買ったのぉ？　ねこ耳つけたら、もっとかわいいにゃん！」

今度はネコがすりよって、タクヤくんは気味悪そうにたじろいだ。

「き、きみは、まぁ、ちょっとはうまいみたいだけど……そっちのきみは」

さりげなくネコをさけながら、あたしのほうを見た。

「ミッキーは、やさしいからいえないんだろうけど。きみも、足をひっぱるだけだと思うよ」

「そ、そんな……」

カァッと顔が熱くなって、何もいいかえせなかった。

「さっきから、だまってきいてれば……」

やばっ！

サリナの肩が、ぷるぷるとふるえていた。天使の顔はどっかに消えて、凶暴な悪魔の顔に変わってる！

「あんたねぇ！　わたしの仲間に、なんてことというのよっ」

目を血ばしらせて襲いかかろうとするサリナの肩を、あたしとミッキーでおさえつけた。タクヤくんが、サリナの変貌ぶりに目を丸くしている。

「オレは、こいつらとやるって決めたんだ」

ミッキーの眉が、きゅっとあがる。本気で怒っているみたい。

「いまさらミントブルーに入るとか、芸能界にもどるとか、考えられない」

きっぱりと断られたタクヤくんは、くちびるをかみしめた。

「……そう。でも、ひとつだけ納得いかないんだ」

声を低くして、ミッキーをにらむ。

「どうしてミッキーは、ダンスキッズ選手権を棄権したの？」

え？　それってもしかして……サリナにきいた、ミッキーが事務所をやめたきっかけになった大会のこと？

あの話は、ほんとうにひどかった。

ダンスキッズ選手権には、全国からダンスのうまい子たちが集まったらしい。優勝者は、ダンスの場面が多い、映画の主人公になることが決まっていた。ミッキーもそれに参加してたんだけど、大人たちのたくらみで、優勝ははじめからミッキーに決まってたってわかって……。

実力で優勝するつもりだったミッキーは、ダンスを汚されたような気がして、ゆるせなかったたっていっていた。それで途中で棄権して、事務所もやめてしまった。

「ぼくは、あの大会で優勝した」

「そうか」

ミッキーは、何の感情も見せずにつぶやいた。

「ぼくは、正々堂々とミッキーと勝負して、優勝したかった。それなのに！」

ミッキーとは反対に、タクヤくんの感情は高ぶっていった。タクヤくんは、裏の事情を何も知らないのかな……。

息がつまりそうな沈黙が、あたりをつつみこんだ。

「オレは、芸能界がいやになったから、大会も棄権したんだ。タクヤには関係ない」

ミッキー……。

理由はわからないけれど、ミッキーはほんとうのことをいうつもりはないみたい。

でも、タクヤくんはますます顔を赤くした。

「そんなにぼくとおどるのがいやなら、このチームで、ぼくらとダンスバトルしろ！」

えぇ!?

「このチームって……」

あたしたちのこと!?

「だって、そうだろ？　あんなでかい大会を放棄したくせに、こんなところでダンスをつづけてるなんて、おかしいじゃないか！」

興奮しながら、顔をゆがめる。

「それとも、自信ない？　まぁ、このメンバーじゃ、しょうがないけど……」

タクヤくんがそういったとたん、ミッキーの顔色が変わった。

「自信がないなんて、だれがいった？」

低い声が、するどくとがる。

「やってやるよ。ダンスバトル」

「はぁ？　ちょっと、ミッキー！」

「ダンスバトルって……」

あたしたちがびっくりしていると、タクヤくんは、くくっとわらった。

「ミッキーなら、そういってくれると思ったよ。まぁ、途中で逃げなきゃいいけど」

おかしそうにわらっているけれど、その冷たい目にぞくりとする。

「ダンスに、いい設備なんて必要ない。うちのコーチだって……たぶん、だいじょうぶだ。だから、逃げたりしない」

「ふ〜ん。そこまで自信があるなら、かけをしようじゃないか」

「かけ？」

ミッキーの眉間にしわがよる。

「ぼくらが勝ったら、ミッキーはミントブルーに入ること」

「……」

あたしたちは息をのんだ。

ウソだ……そんなのありえない。

「なにいってんの？　ミッキーはもうやめたの！　どんな思いでやめたのか、あんた知ってんの!?」

サリナが食ってかかる。

LET YOUR SOUL GO

「知らないね。そんなこと、ぼくには関係ない」

タクヤくんが、やりかえすように冷たくいった。

「わかった」

そう答えるミッキーに、あたしたちは目を丸くした。

「一ぴき狼だったミッキーが、自分をかけてまで、仲間を信用するなんてね」

からかうタクヤくんを気にもとめずに、ミッキーはあたしたちにいった。

「心配すんな。オレたちは勝つ」

「いつまでそんな強がりをいってられるか、楽しみだよ。ダンスバトルは一か月後。場所はこっちでさがして連絡するよ。ミッキー、連絡先変わってないよね？」

有無をいわせず、タクヤくんはどんどん話を進めていく。

「持ち時間は、十分。ダンスのジャンルや形式は自由でいいよ」

「だれが、勝ち負けを決めるんだよ」

「審査員は、ぼくのほうで用意する。ちゃんと公平に審査してくれる人をね」

タクヤくんは意味深にわらうと、最後にいった。

「約束だからね。逃げたらゆるさないから」

そんな捨て台詞を残して、いってしまった。

ミントブルーのメンバーとあたしたちが対決？

こんなの現実なわけがない。これは夢。夢に決まってる！

3

佐久間(さくま)先生の過去(かこ)

「どうして、あんな約束したの!?」

練習の帰り道、あたしはミッキーに何度もいった。勝ち目のない勝負に、自分自身をかけるなんて、バカみたい!

「しょーがないだろ。いっちゃったもんは」

ミッキーが、ふてくされたようにいう。

「でも、気持ちはわかる。あんなふうにいわれたら、わたしだってくやしいもん!」

サリナが声を荒(あら)げた。ネコもロボもうなずいている。

「それだけじゃない」

ミッキーが、ぼそっといった。

「アイツが……あのダンス大会の日から、ずっと気持ちをひきずってるんだってわかったから」

え？

「それは、オレに責任がある。どうしたらいいかなんて、わかんねーけど」

そんな……ミッキーが責任を感じる必要なんてあるの!?

「だって、あれはミッキーが悪いんじゃないでしょう？　ほんとうのこと、いえばよかったじゃない」

ダンスキッズ選手権の裏側のことを知れば、タクヤくんだって納得したかもしれないのに。

「オマエなら、それを知ったら、すっきりするか？　ますますいやな気持ちになるんじゃないか？」

「でも、だからって！」

あたしは納得いかなかった。だからといって、ミッキーが何とかしなきゃいけないなんて……。やっぱり、ちがう気がする。

「アイツがいたから、オレもがんばれたんだ」

「え？」

「だから、何とかしてやりたい。オレにはダンスしかないけど、全力でぶつかれば、何か伝わるかなって……」

あたしたちはだまりこんだ。ミッキーは、ただ勢いでいったわけじゃないってわかったから。

「うん、そうだね」

しばらくして、サリナが明るくいった。

「わたしたちみんなで、ダンスが好きだっていう思いをぶつければいいんだよ」

ダンスが好きだっていう思い？　それが伝われば、わかってくれるかな？

「それにはまず、佐久間先生の助けを借りなくちゃね！」

「よーし、ぼくも、ミッキーのために協力する！」

ロボが、鼻のあなをふくらませた。

「うちも～！　おもしろくなってきたにゃん！」

ネコもはしゃいでいる。

なんだか盛りあがっちゃって、勝負のことを忘れているような気もするけれど……。

心配ばっかりしても、しかたないか！

「わかったよ。あたしも気合い入れて、がんばる！」

あたしは、ぎゅっとこぶしに力を入れた。

その週の土曜日、あたしたちは佐久間先生をサリナの家に呼びだした。

白鳥バレエ教室に通っていたから、場所は知っているはずだけど、きてくれるという保証はない。とにかく、信じて待つしかなかった。

地下にある教室で、あたしたちは佐久間先生を待った。

「先生、くるかなぁ……」

「こないかもな。なんか、わけありっぽいし」

ミッキーが、あたしの不安に追い打ちをかけた。

「佐久間先生は、くるよ！」

ロボが、ムキになっていう。

「うん、佐久間っちって、約束とか守りそ〜」

ネコが、ふふっとわらった。

約束っていっても、あたしたちが一方的にいっただけだし……。

「ねぇ、サリナは、佐久間先生と親しかったの？」

あたしは気になっていたことをきいてみた。佐久間先生が白鳥バレエ教室に通っていたっていうのはわかったけど、それだけなら生徒のひとりでしかない。サリナがそこまで佐久間先生にこだわる理由がわからなかった。

「佐久間先生は……、わたしのあこがれだったの」

「あこがれ？」

「うん。だれよりも練習熱心で、バレエだってすごくうまかった。でも先生がめざしているのは、とにかくダンスがうまくなることで……」

サリナは、まぶしそうに宙を見つめた。

「そんな人、はじめて見たの。ただダンスを極めたい。それだけのために、ありとあらゆる努力をする人なんて。あのときの佐久間先生は、ほんとうにステキだった」

笑みをうかべていた顔が、ふっとくもった。

「それが……あるときとつぜん、やめてしまって」

「怪我とか？」

ミッキーも顔をくもらせた。

「わからない。治療しているようなようすもなかったんだけど……。もう、ダンスをやめるって、それだけいって姿を見せなくなったと思ったら、しばらくして、うちの学校の先生になったの」

それは……びっくりだよね。

「佐久間先生がやめた理由も気になるけど、それよりわたしは、もう一度先生にダンスをしてほしくて」

サリナがうなだれた。そうだったんだ……。

「ダンサーから、小学校の先生か。だからあの人、先生っぽくないんだ」

ミッキーがつぶやいた。そういわれると、そうかもしれない。佐久間先生は、大人というよりも、あたしたちに近い気がする。

「でもさー、ほんとうは先生になりたくなかったんだとしたらちょっとがっかりだな」

ロボのいう通りで、あたしたちの心は複雑だった。

佐久間先生って、どんな人なのかなって思ってたけど、いまの話をきいたら、ますますどんな人なのかわからなくなった。

「ちょっと、ようすを見てくる！」

気持ちが落ちつかなくて、あたしは立ちあがった。

階段を上ってそっと玄関にでてみると、さっきまでなかった大人用のスニーカーがおいてあった。

あれ？　佐久間先生、もうきてるの？

みんなに知らせなきゃ、と歩きかけたら、リビングから声がきこえてきて、思わず立ちどまった。

「わたし……こまってるんです」

佐久間先生の声に、ハッとした。だれと話してるんだろう。

「わたしだってこまってるわよ。沙理奈がバレエ以外のダンスに、あんなに夢中になってるなんて」

もうひとりは、サリナのお母さんだった。白鳥バレエ教室の先生で、サリナは生徒のひとりとして、毎日のようにきびしいレッスンを受けている。

「最初は、ただの気まぐれだと思ってたのに。小さいころからずっとバレエしかやってこなかったから、ちょっと気分転換したいとか、その程度の。でも、あなたにコーチをたのんでるってことは、軽い気持ちなんかじゃないのかもしれない」

そういって、お母さんはため息をついた。

「あの子は、あなたみたいになりたいって思ってたから」

「……すみません」

なぜか、佐久間先生が謝っている。

「謝る必要なんかないわよ。でも沙理奈は、あなたがどうしてダンスをやめたのか知らないから、そんなお願いをしてるのね」

「はい。わたしには、ダンスを教える資格なんてないのに……」

佐久間先生には、深い悩みがあるみたい。あたしたちのやる気が、伝わっていないわけじゃなかったんだ。

「こんな気持ちじゃ、あの子たちのコーチはひきうけられません。これから、断るつもりです」

あたしは息をのんだ。

「そう。でも、あなたもそろそろ、前に進まなくちゃ」

「前に？」

「ええ。いつまでも気持ちをひきずったままじゃ、あなたも周りもつらいだけだから」

気持ちをひきずったままって……どこかできいたと思ったら、ミッキーもタクヤくんのこと、そういってた。

それにしても、サリナのお母さんのほうが、佐久間先生よりも先生らしい感じ……。あ、佐久間先生にとっては、昔からダンスの先生なのか。

「コーチって、教えるだけじゃないの。学べることもたくさんあって、生徒といっしょに成長していけるのよ。だからわたしは、バレエを教えててよかったなって、よく思うの」

言葉のひとつひとつに重みがあり、実感がこもっていた。

「あなたも、子どもたちにダンスを教えることで、何かつかめるんじゃないかな……」

ためらうように、ひと呼吸おいた。

「あのときのこと、まだ気にしているの？」

お母さんが問いかける。

あのときのことって？

「はい。わたしは、あの子の夢をうばってしまったんです。自分だけ、ダンスをつづけるなんてできません」

夢をうばうって？　佐久間先生が？

何がなんだかわからなくて、そろそろとそ

の場からはなれると、あたしはいそいで階段をかけおりた。

「大変だよ！」

「どうしたの？」

サリナが首をかしげる。

「上で、サリナのお母さんと佐久間先生が話してて……コーチを断るって話を……」

それ以上は、どう説明していいかわからなかった。

「いこう！」

サリナが先頭に立って、あたしたちはリビングに向かった。

「佐久間先生！　コーチを断るってどういうこと!?」

とつぜんなだれこんできたあたしたちを見て、佐久間先生がおどろいた顔をする。

でも、すぐに落ちついて、姿勢を正した。

「ごめんなさい。わたしには、ダンスを教える資格はないの。悪いけど……やっぱり、コーチはひきうけられない」

「どうして!?」

サリナが身を乗りだした。みんなも足をふみだす。

「理由がわからなきゃ、納得できないよ」

ミッキーがいった。

佐久間先生は、サリナのお母さんを見て、決心したようにあたしたちに顔を向けた。

「あれはまだ、わたしが大学生のときのこと……」

ソファにすわりなおしながら、先生はテーブルに目を落とした。

「わたしは、朝から晩までダンスの練習に明けくれて、大学でも、近所の空き地でも、時間があればダンスばかりしていた」

佐久間先生が、一心不乱におどっている姿が目にうかぶようだった。

「そんなとき、空き地に知らない女の子がやってきて、コーチをしてほしいってたのんできたの。事情をきいたら、その子はあるミュージカルのオーディションを、何回も受けているのに落ちつづけていて、つぎにダメだったら、ダンスをやめるように親からいわれてるって」

先生は、まるでそのときの光景を思いだすように目をとじた。

「わたしは、自分の練習で精いっぱいだから、無理だと断ったんだけど、その子は毎日きて、たのみつづけたの。わたしにも、その子の気持ちがわかったから……、とうとうひきうけたんだ」

あたしたちは、じっと佐久間先生の話に耳をかたむけた。

「その子は、綾香ちゃんっていうんだけど、とても筋がよかった。リズム感もダンスのセンスもいいんだけど。ただ、筋力が弱くて……。毎日、ストレッチや筋トレをするように指導したんだけどね」

話しつづける佐久間先生の顔が、微妙にゆがんだ。

「オーディションが近づいたその日も、レッスンの前にストレッチをしようとしたら、『もうストレッチはしたから、すぐにダンスの練習をしてほしい』ってたのまれて。わたしはその言葉を信じて、ダンスをはじめた。そしたら……」

先生がうつむいて、ぎゅっとひざをつかんだ。

「体勢をくずして転んだ綾香ちゃんは、骨折してしまって」

「骨折(こっせつ)!?」

あたしたちは、びっくりして声をあげた。

「すぐに病院にいったけど、全治二か月で、とてもオーディションにでられる状態(じょうたい)じゃなかった。後からきいたら、毎日の筋(きん)トレもしてなくて、その日、ストレッチをしたっていうのもうそだったの」

「ひどい！ ストレッチは基本(きほん)でしょう？ そんなの、自分のせいじゃない！」

サリナがさけんだ。それでも、先生はうつむいたまま。

「ううん。それを見ぬけなかった、わたしがいけない。綾香(あやか)ちゃんはオーディションのために、演技(えんぎ)の練習をしたり、ボイストレーニングをしたり、やらなくちゃいけないことがたくさんあったの。あせってたから、ついうそをついちゃったんだよ」

そんな……。

「綾香ちゃんはオーディションにでられないまま、ダンスもやめるっていってた。はげまそうとしたんだけど、そっとしておいてほしいってご両親にもいわれて。ある日いってみたら、引(ひ)っ越(こ)しちゃった後だったの」

「それで、先生もダンスをやめたんですか!?」

いいながら、あたしは胸が苦しかった。責任を感じて、自分までやめるなんて……。

「そんなのおかしいよ！　どうしてその子のために、先生がダンスを……夢をあきらめないといけないの？」

サリナの強い口調に、みんながうなずいた。

「ちがう！　ちがうの……」

佐久間先生が、背中を丸めて、ぐっとうなだれた。

「綾香ちゃんのために、やめたわけじゃないの」

ききとるのがむずかしいほど、小さな声で、ぽそっとつぶやいた。

「わたし、小さいころから、ずっと小学校の先生になりたくて」

え？

あたしたちは、目をぱちくりさせた。

「でも、そのころはダンスが楽しくて、どちらの道に進もうか、ずっと迷ってて……。そんなとき、あの事件がおきたの。わたしは、結局綾香ちゃんのことがきっかけで、ダンサーじゃなくて先生という職業を選んだ。ダンスからはなれたかったんだと思う」

いつもクールな佐久間先生とは思えない。小さくなって、頼りなさげにうつむいている。

「先生になったことは、ほんとによかった。でも、あの事件のことは、ずっと心のどこかにひっかかってる。そのあとも、ダンスをつづけてないか、結城綾香ちゃんの名前を調べたんだけど、どこの劇団にも、ダンサーの事務所にも見つけることができなかった」

先生は、結城綾香ちゃんが引っ越した後も、ダンスを手がかりに、ずっとさがしつづけたんだ。

「綾香ちゃんは夢をあきらめたのに、わたしはちゃっかり先生っていう自分の夢をかなえてるだなんて……。そのうえダンスまでやるなんて、そんなのゆるされないよ。だからわたしは、みんなにダンスを教えられない」

先生……。

あたしたちは、あまりのことに声もでなかった。

「ダンスをする人って、なぜか融通(ゆうずう)のきかない、まっすぐな人が多いのよね」

サリナのお母さんが、ため息をつきながらいった。

「人生って、そんな単純(たんじゅん)なものじゃないでしょう？　夢(ゆめ)をかなえたから幸せとか、ダメだったら不幸とか、そうじゃないと思う」

「でも……」

「そうだよ！」

いいかけた佐久間(さくま)先生をさえぎって、サリナが口を開いた。

「綾香(あやか)ちゃんだって、いまごろ、べつの夢を追ってるかもしれない。それに……」

サリナは、お母さんを見つめた。

「親にいわれたくらいでやめられるなら、そんなの夢とはいわないよ。わたしだったら……、何をいわれたって、あきらめない！」

サリナが、ぎゅっとこぶしをにぎりしめる。綾香ちゃんのことを自分自身と重ねてるみたい。そんなようすに、サリナのお母さんは、目をふせながらつぶやいた。

「子どもって、いつまでも子どもじゃないのね」

少しさびしそうな顔をして、佐久間先生に向きあう。

「それなのに、先生のあなたが、そんななさけない顔をしてちゃダメじゃない。あなたにしか教えられないものがあるでしょう?」

「わたしにしか、教えられないもの?」

佐久間先生がききかえす。

「このごろの子どもって、体がかたくて、すぐに骨折したり怪我したりするのよね。でもあなたなら、そんなことにならないように、体を動かす楽しさを教えてあげられる。それが、いまのあなたにできることなんじゃないの?」

お母さんの声が、やさしく問いかけた。

「それでいいんでしょうか。わたし……」

先生が、声をつまらせた。

「先生が、ストレッチにこだわってた理由がわかりました。あのときは、ごめんなさい!」

サリナが、勢いよく頭を下げる。

「あたしの背筋（はいきん）が弱いことも、すぐに見ぬいてくれたし！」

あたしもいう。

「ぼく、運動神経（しんけい）が悪いから、しっかり見ててほしいです！」

ロボが、ぐずっと鼻をすすった。

「オレも、むずかしい技（わざ）をおぼえたくて、つい無茶するからな……」

ミッキーが、ぶっきらぼうにいう。

「佐久間（さくま）っちも、うちらの仲間になればいいにゃん！」

ネコが、ニカッとわらう。

佐久間先生が顔をあげて、あたしたちを見まわした。

「みんな……」

くちびるをかみしめて、ひとことひとこと、先生は声をしぼりだした。

「わたしは……、ダンスを……、やりたい」

「先生！」

あたしたちは、佐久間先生をとりかこんだ。泣き笑いのような顔でうなずいている。

「まったく。沙理奈（さりな）の本気がどれくらいのものか、しばらくようすを見るしかないわね」

サリナのお母さんがいって、サリナがぱっとふり向いた。

「お母さん、わたしもこのままみんなとダンスをやっていいの⁉」

「バレエの練習も手をぬかずにするのよ」

「やったぁ！」

あたしたちのテンションが、さらにぐんっと上がった。

「先生、お願いします！」

しゃんっと背筋（せすじ）をのばすと、あたしたちは声をそろえた。

佐久間（さくま）先生が、ゆっくりとうなずく。

「わたしもみんなといっしょに、もう一度はじめから、ダンスをやってみたい」

わぁっと、みんなが笑顔になった。

4 ロボの太極拳

地下の教室に移動して、ミーティングがはじまった。

あたしたちが事情を説明すると、佐久間先生はむずかしい顔をした。

「ダンスバトルかぁ」

「お願いします。ミッキーがチームからぬけたら、わたしたちこまるんです」

サリナがいうと、先生はう〜んとうなった。

「そうはいっても、あなたたちはまだ初心者だし……。いまのままじゃ、ダメだと思う。作戦を立てなきゃ」

「作戦？」

「そう。まず、ダンスの持ち時間は何分？」

「タクヤは、十分っていってた。まぁ、こっちは十分もおどってられないと思うけどな……」

ミッキーが答える。

「ううん、構成次第で、何とかなると思う。たとえば……最初にみんなでおどって、中間にひとりずつおどるソロを入れるの。それで、最後にまたみんなでおどる。そうすれば、実際におどる時間は短縮されて、体力も持つと思う」

「そっか。じゃあ、最初に二分、ソロを一分ずつで五分、最後に三分って感じ?」

「そう。ソロでみんなの特徴をだすようなダンスをすれば、見ているほうも飽きないと思うし。全員でおどるところは、わたしが考えるから……」

「だとしたら、ソロのダンスをどうするかが問題だな」

ミッキーがつぶやいた。

「ひ、ひとりでおどるなんて、無理です! あたし、特徴もないし!」

あたしはあわてていった。ロボとネコも、うんうんとうなずいている。

「ほんとうに、そう? ひとりひとり見ていけば、何かあると思うんだけど。ミッキ

―は、まぁいいとして……。たとえばサリナ」

「わたし？」

サリナが、自分を指さす。

「あなたの得意なダンスって何？」

「何って……」

思いめぐらせるように、眉をよせる。

「そりゃあ、バレエだよね！」

間髪入れず、あたしがいった。サリナのバレエを見たとき、思わず見とれてしまったことを思いだす。

「でも、わたしは……」

反論しようとするサリナを、佐久間先生がさえぎった。

「わかってる。自分のダンスをさがしたいって思ってるんでしょう？　でも、とりあえず、得意なのはバレエ。だったら、バレエで勝負するべきよ」

「バレエで……勝負？」

サリナがおどろいている。あたしたちもびっくりした。バレエがうまいのはわかるけど、まさか、ダンスバトルでバレエ？

「なるほどな。ダンスバトルとはいったけど、形式もジャンルも自由だっていってたし。こっちは、それぞれが一番得意なダンスで勝負すればいいってわけか」

ミッキーがうなずいた。

……って、ちょっと待って！

「あたしには、得意なダンスもないよ」

何しろ、この間はじめたばっかりで、知ってるステップだって少しだけ。

「イッポは、ああいってるけど……」

先生にあだ名で呼ばれるのは照れくさい。でも、仲間になるって決めたんだから、そんなことはいっていられない。それよりも、距離が近くなったようでうれしい。

「ロボもネコも、そうなの？」

「ネコは、運動神経もいいし……ねこダンスがしたいって、いってなかった？」

サリナがかわりに答えて、ネコはうなずいた。

「うん！　ねこっぽい衣装着てぇ、ねこみたいに、とんだりはねたりしたい！」

「ふ～ん、おもしろいかも。ねこをテーマにした、創作ダンスっていうわけね。じゃあ、ロボは？」

佐久間先生が、ロボに顔を向ける。

「ロボは、ロボットダンスがやりたいっていってたけど、まだまだむずかしいだろうな」

ミッキーが顔をしかめた。ロボットダンスって、テレビで見たことがある。パントマイムみたいに、ロボットのような動きをするダンス。たしかにむずかしそう。

「だったら、他に得意なものは？」

佐久間先生にじっと見つめられて、ロボはうつむいてしまった。

「あ、太極拳！」

サリナがいった。ああ、そうだ。ロボは、おじいちゃんといっしょに太極拳を習ってるっていってたっけ。

「太極拳かぁ。ダンスとはちがうけど……何か、いかせないかな？」

佐久間（さくま）先生が考えこんだ。

「でも、太極拳（たいきょくけん）は中国武術（ぶじゅつ）だろ」

「そうだけど、ダメって決めつけなくてもいいんじゃない？　それをアレンジできるかもしれないし……」

ミッキーのダメだしに、先生がムキになっている。教科書を持って黒板に向かっているときとは、全然ちがう。

ふたりのやりとりに、ロボがわって入った。

「ぼく、おじいちゃんにきいてみます！　なんとか、ならないか……」

自信なさそうにいうロボに、ミッキーがニヤリとした。

「じゃあ、オレもついてってやるよ」

「ど、どうして？」

「太極拳に興味（きょうみ）があるから。オレのダンスにも、いかせるかもしれないだろ？」

「た、太極拳は、ダンスじゃ……」

「あれ？　何とかするんだろ？」

も〜、ミッキーったら、いじわるなんだから！

「……で、イッポはどうする？」

佐久間先生にまっすぐ見つめられ、思わず目をふせた。

「あたしは……何も習ってないし、運動も得意じゃないし……」

ああ、結局あたしが、一番お荷物なのかも。

「そっかぁ。でもだいじょうぶだよ。ダンスって運動神経がよくないとダメって思われがちだけど、そうでもないんだよ」

「そうなんですか？」

佐久間先生の言葉に、みんながひきよせられた。

「うん。ダンスはリズムに乗れるか乗れないか。リズムに乗れなければ、どんなにすごい技ができてもダメなの」

「技でごまかして、実はリズムに乗れてないダンサーっているよな」

ミッキーもうなずく。そんなことといわれても、素人のあたしにはさっぱりわからないけれど。

「まぁ、とにかく、得意分野で勝負っていうことで、みっちり練習すれば……」

みんなの期待の目が、佐久間先生に集まった。

「勝てる、かもしれない」

「……」

あたしたちは、無言で顔を見あわせた。

かもしれない、だけど……。可能性がでてきただけでも、夢みたい！

あたしのダンスは、やっぱりなかなか決まらなかった。

月曜の練習がおわって、火曜になっても決まらない。このままずっと、決まらなかったらどうしよう……。

放課後、落ちこんでいると、頭をパコンッとぶたれた。

「いった～！」

「いくぞ」

は？　ミッキー!?

「い、いくってどこに?」

「ロボの家だ」

「どうして……」

「この間の話、きいてなかったのか? 太極拳(たいきょくけん)でダンスができるか、じいちゃんにきくっていってただろ?」

「もう、きいたんじゃないの?」

「いや、あいつによると、じいちゃんは太極拳でダンスは無理だっていったらしい」

「じゃあ!」

ミッキーは、何をいってるんだろう。おじいちゃんが無理っていったのに、まだ何かしようっていうの?

「じいちゃんもロボも、ダンスに関しては素人(しろうと)だ。オレが、直接(ちょくせつ)きいて判断(はんだん)する」

も〜、どうしてそんなにえらそうなわけ!?

「だからって、あたしは関係ないし……」

「どうせ、まだダンスも決まってないんだろ? ひまなんだから、いいじゃん」

ぐさっ。

なんで、そんないい方しかできないんだー！

でも、ダンスが決まってないのは事実で、それ以上いいかえせない。

「わかったよ……」

「ほら、オマエもいくぞ！」

ミッキーは、ロボの腕もつかんだ。

「え〜、ぼくはまだ、いいなんて……」

いやがるロボをひきずるミッキーに、教室のみんなが首をかしげている。ミッキーがだれかと話していることさえめずらしいのに、その相手がロボだっていうことも、目立っている原因だと思う。あたしはさりげなくふたりの後を追って、そそくさとついていった。

ロボの家は、商店街の真ん中にある、東海林写真館というところ。入り口には家族写真や七五三の写真がかざられていて、古そうな看板がでている。

ガラスのドアをあけると、ロボは「ただいまぁ」といった。

「ああ、おかえり風馬。おや、友だちか？」

そういってカメラの手入れをしていたおじいちゃんが、あたしとミッキーを見つめた。チェックのダンガリーシャツにスカーフをまいて、相変わらずおしゃれだ。

「きみは、風馬のガールフレンドのお嬢さん！」

「え？　いや、ガールフレンドじゃなくて……」

「そしてきみは……ふーむ、男前じゃないか。こら、風馬！」

おじいちゃんが、顔をしかめてロボを呼ぶ。

「決して、負けるんじゃないぞ」

「はぁ？　じいちゃん、何をいってんだよぉ」

ロボの顔が、真っ赤になった。ああ、もう、こういうの、こまるんだよなぁ。

でもミッキーは何も気にならないみたいで、「はやくいえ」というように、ロボの背中をつついた。

「あ、あのさ、じいちゃん、きのうきいたことだけど……。やっぱり、太極拳でダンスは……無理だよねぇ？」

ロボが弱気にきいた。

「ん？　太極拳でダンス？　風馬も知ってるだろう。太極拳がどんなものか」

おじいちゃんがいうと、すかさずミッキーが進みでた。

「その太極拳ってやつ、オレにも見せてくれませんか？」

「ちょっと、どういうつもり!?」

あたしが小声でいうと、おじいちゃんも首をかしげた。

「見てみなくちゃ、わからない」

そういうミッキーに、おじいちゃんがニヤリとわらった。

「いいだろう。ほら、風馬、奥にいくぞ」

おじいちゃんは、撮影スタジオに向かった。撮影のための機材や小道具、背景やライトがおいてある。そこは、六畳くらいの広さがあった。ムード作りのためか、CDプレーヤーもおいてある。おじいちゃんがセットすると、しずかに音楽が流れはじめた。

「よく見ていなさい」

おじいちゃんにうながされて、ロボもあきらめたように姿勢をとった。ゆっくりと足を開き、両手を広げる。空気が、ぴんっと張りつめた。

腰を落として、流れるような動きがはじまる。以前にも見せてもらったことがあって、やってみると案外むずかしいのも知っているけど、あたしは正直あくびがでそうだった。音楽にあわせて動くのは同じでも、やっぱりダンスとは全然ちがう。

ほんとうにあくびがでて、手で口をおさえると、パコンッと頭をはたかれた。

「しっかり見ろ！」

ミッキーは、意外なほど真剣な顔だ。まるで、そこから何かを学びとろうとするように見つめている。

ひと通りおえると、おじいちゃんとロボは息をととのえて頭を下げた。

ふぅっと、その場の空気がゆるんだ気がした。

「すげぇ」

ミッキーがつぶやいて、ロボははずかしそうにはにかんだ。

「緊張した空気感とか、集中力とか、さすがだな」

「はっはっは。おぬし、顔だけかと思ったが、なかなかわかるじゃないか」

「じいちゃん！」

なんか……和やかムード。

「それで、太極拳でダンスはできるの？」

あたしがきくと、ミッキーは考えこんだ。

「いまの動きを速くできれば、可能性はあるけど、それじゃあ太極拳のよさがいかせないような気がするし」

「でしょう？　あんなノロノロじゃあ……」

あたしがいいかけると、おじいちゃんの目がするどく光った。

「ノロノロだとぉ!?」

きびしい声に、びくっとする。

「太極拳は、健康のために行われるゆっくりした動きが有名だが、もとは中国武術。敵の攻撃に応じて、素早い動きだってある！」

そういったとたん、おじいちゃんの体がふわりと動いた。

「ええ!?」

あたし、ロボ、ミッキーが、同時に目をみはった。

「はっ!」

おじいちゃんが手をつきだし、足をふりあげ、体を回転させながらけりを入れる。その動きがあまりにも素早く(すばや)て、目が追いつかない。

す、すごっ。

「かっこいい!」

思わずいってしまった。おじいちゃんが、一瞬(いっしゅん)だけど、ほんとうにかっこよく見えた。

「ふっふっふ。悪いな、風馬(ふうま)。彼女(かのじょ)にかっこいいといわせてしまった」

う〜ん……。おじいちゃん、孫に勝ったって顔をしてうれしそう。

「じ、じいちゃん、無茶しないでよ！」

ロボが、うろたえながら怒っている。

「何をいってる。これくらいだいじょうぶだ」

そういうおじいちゃんに、ミッキーが目を輝かせた。

「じいちゃん、やるじゃないか！」

「いやぁ、そうかぁ？」

おじいちゃんは、広いおでこをなでながら、うれしそうに照れ笑いしている。

「よし、ロボはこれでいこう！」

「はぁ？」

ミッキーの言葉にロボがさけんだ。

「太極拳のゆっくりした動きと速い動き。ふたつを組みあわせて、ダンスにする」

「うん、それ、いいかも！」

あたしも賛成した。

速い動きだけだとロボもきついだろうけど、ゆっくりした動きとの組みあわせなら、なんとかなりそう！

「ほんとうに、そんなことできるの？」

「できる」

疑うロボに、ミッキーは、自信満々にいった。

「ダンスはパフォーマンスだ。見ておもしろいと感じさせたり、感動させたりできればそれでいい。動きが速くても、なじみのある太極拳なら、ロボもおぼえやすいだろう？」

「え？　まぁ……」

「じいちゃん、まずはロボに、いまの動きを教えてやってくれ」

「おう、まかせとけ」

おじいちゃんが、気前よくひきうける。

ロボのダンスも決まってよかった！　……って、決まってないのはあたしだけ!?

あたしは、さらにあせった。

5 あたしの得意技？

帰り道、あたしとミッキーは商店街を歩いた。

どのくらいの距離をあけたらいいかわからなくて、近づいたりはなれたり、落ちつかない。

あたしたちの家は、背中あわせのご近所で、帰る道も同じなんだよね……。

「よし、これでロボも決まった。オマエはどうするんだ？」

「どうするっていわれても……」

あたしには、なんのヒントにもならなかったし。

「何かひとつくらい、取り柄はないのか？」

「だから、そういういい方しないでよ」

ったく、失礼しちゃう。

「自分じゃ、いいところなんてわからないか」

ミッキーがつぶやいた。愁いをおびた横顔に、夕日が当たってドキッとする。

「でもまぁ、最初にくらべたら、オマエも変わったよな。転校してきたばっかのときは、なんだかおどおどして、イラつくやつって思ったけど」

「自分だって、高飛車でオレさまだったくせに……いまでもそうだけど」

最後のひとことは、小さな声でつけたした。

だいたいいまだって、あたしのことをオマエ、オマエって、ちっとも名前で呼ぼうとしない。他のみんなのことは、ちゃんとあだ名で呼ぶくせに……。

「いままで、オレに向かってそんなことをいうやつ、いなかったけどな」

ミッキーは、むすっとしていった。

あ……もしかして怒った？

「ご、ごめん」

「そうじゃない」

ますます怒ってる!?

「オレは、他人のことはよくわからない。でも自分は……あんなふうになりたいと思ってる」

そういって、スッと空を指さした。その先には、高い木のてっぺんにとまった、大きな一羽の鳥。茜色の空の中で、悠然としていた。

「あれ……ハヤブサかなぁ？」

昔は山のほうにいた種類の鳥が、最近餌を求めて都会のほうにおりてきているってきいたことがある。ただ一羽、気高く堂々としているその姿は、ほんとうにミッキーみたいだった。だったらあたしは、あっちで群れているスズメ？

ううん。転校する前はそうだったかもしれない。でも、いまはちがう。あたしも、あのハヤブサみたいにかっこよくなりたいって思ってる。

「そうだ！」

ミッキーがいきなりさけぶから、びっくりした。

「ひとつだけあったよな。オマエが得意なもの」

「な、何!?」

あたしは、すがりつくようにきいた。

「歌、だよなぁ?　オマエが得意っていうか、好きなもの」

でた!　これは絶対、いやみにちがいない。あたしのストレス解消法は、お風呂で歌うこと。どうも、裏にあるミッキーの家にもきこえているらしく……。

「な、何いってんの!　ダンスと関係ないじゃない。それに今度のバトルの相手は、アイドルだよ?　歌手だよ?　あたしなんかが、かなうはず……」

「まぁな」

ミッキーは、あっさりと認めた。

「……だったら」

「でも、オマエが思っているほど、手ごわい相手ってわけでもない」

分かれ道にさしかかり、ミッキーは立ちどまった。

「アイドルを特別と思うのも無理ないけど、しょせんオレたちと同じ小学生なんだ。絶対にかなわないなんてことはない」

なんか……、説得力がある。ミッキーだって、少し前まではテレビや雑誌にでていた人。それがいま、あたしの目の前にいて、ふつうに話しているんだもんね。

「オマエって、歌うと、とたんにリズム感がよくなるんだよな。だったら、歌ってふりつけもしてみれば？」

歌とふりつけ……？

「そうだ。いっそのこと、ミントブルーの曲を歌えばいいじゃん。オレが好きなのは、デビュー曲かな」

「えぇ!?　本人の前で、そんな挑戦的なことできないよ！」

ミッキーじゃあるまいし。

「勝ちたいなら、それくらいの度胸をつけろっていうことだ」

そういって、背中を向けてしまう。

「じゃーな」

ああ、もう、いじわる！

しかたなく、あたしも家のほうに歩きだした。

家に帰って、お母さんのパソコンでミントブルーを検索した。

「あった！　これがデビュー曲か……」

動画があるのは、その一曲だけだった。

テンポのいい明るい曲に、ミントブルーのメンバーが笑顔でおどっている。頭につけるマイクをつかって、全身でおどっていた。

かっこよさもかわいらしさもあるそのダンスは、ミントブルーにあっている。タクヤくんを真ん中に、五人の息はぴたりとあっていて、見ているとこっちまで元気をもらえる気がした。

「うわっ！　バク転してる……」

歌っている最中にバク転なんて、人間技とは思えない。でも、それ以外はなんとかなりそう……かな。

「それにしてもタクヤくん、やっぱり歌うまいなぁ……当たり前か」

♪仲間に出会えたKI・SE・KI　いっしょに歩いていこう
　いまはまだ遠いけれど　夢をつかむために……

何度もくりかえし、澄んだ歌声に耳をすませた。

ミッキーに食ってかかったタクヤくんには、どことなくかげを感じたんだけど……さわやかでやさしい歌声は、印象がまったくちがった。

「ええと、一分間、おどるんだよね」

曲の長さをはかってみたら、一番のおわりまでが、ちょうど一分くらいだった。

「明るい歌詞でよかった。暗かったら、おどるのも楽しくないし……ん!?」

いつのまにかその気になっていたあたしは、作詞のところを見ておどろいた。TAKUYAって書いてある。

まさか、タクヤくんが作詞したの⁉

すご……。あたしと同い年、だったよね？

ミッキーは、アイドルもあたしたちと同じなんていってたけど、やっぱり大ちがいだ。歌はうまいし、才能はあるし、かっこいいし……。

う〜ん、やっぱり自信がなくなってきたけど、そんなこともいっていられない。

「よーし！　あたしもこの曲をばっちりおぼえて、全力でぶつかる！」

あたしにできることは、とにかくがんばることだけ。この歌とダンスを、完璧におぼえてみせる！

水曜日、サリナの家について呼び鈴をおすと、サリナのお母さんがでてきた。

「いらっしゃい。地下にいるわよ」

そっけなくいわれて、地下の教室にいった。

「あれ？　だれもいない。サリナまでいないなんて……」

教室のすみに、大きい段ボール箱がいくつかあって、床には音楽プレーヤーがおいてあった。しばらく待ってみたけど、だれもくるようすがない。

「みんな、どうしたんだろう？　そうだ、みんながこないうちに……」

あたしは、持ってきた曲をかけてみた。みんなにもきいてもらおうと思ってダウンロードしてきた、ミントブルーのデビュー曲「KI・SE・KI」だ。

教室は防音になっているから、外に歌声がもれる心配はない。それにここは広いから、思いきりおどることができる！

出だしはカッコイイ決めポーズから。イントロがおわったら、歌いながらステップをふんで、元気なダンス。サビの部分は特にノリがよくて、五人がアイコンタクトをとりながら、歌ったりジャンプしたりする。

最後は一気に盛りあがり、腕をつきあげてポーズ。

歌いながらおどりおわると、息がきれていた。

あたしがおどるのは一分間だけだけど、タクヤくんたちは、こんなのをもっと長い時間やってるんだと思うと、やっぱりすごいと思う。

そのとき、ガタッという音がして、びっくりした。

「ちょっと……苦しい」

「おさないでよ」

「だってさ……」

え!?　あわててきょろきょろと見まわすけど、姿が見えない。

「うわっ！」

ガタガタッと、段ボール箱の山がくずれおちた。そこからでてきたのは……。

「みんな！」

びっくりしていると、サリナたちが決まり悪そうな笑みをうかべながら、大きな段ボール箱のかげからでてきた。

「どうだ?」

「いいんじゃない?」

ミッキーがきいて、サリナがうなずく。

「それにしても、ミントブルーの曲でおどるとは……」

「大胆にゃん♪」

ロボとネコは、ニヤニヤしている。

「ど、どうして、そんなところにいたの!?」

「だって、イッポって、みんなの前でおどると緊張するじゃない？」

「そ、そうだけど、だからって……」

「いまの、いいじゃない。ミントブルーの曲っていうのが、ちょっと癪に障るけど……。『アイツならやるはずだ』って、ミッキーのいう通りだった」

サリナはうれしそうにわらい、ミッキーはそっぽを向いた。

「ひどい！　あたしだけ、みんなに見られるなんて！」

あたしは目いっぱいふくれた。

「ごめん、ごめん！　じゃあさ、きょうはソロのダンスのイメージを発表しあうってことにしよう」

サリナの提案で、できるところまで、ひとりずつおどってみることにした。

一番目はサリナ。

「わたしはバレエなんだけど、音楽をテンポの速いものにしておどろうと思う。優雅さをだしながら、ダイナミックな動きで、かっこよさを強調したいんだ！」

バレエといったら、ゆったりとして優雅なイメージしかないあたしは、ちょっと想像つかなかった。でも、サリナの中ではイメージができつつあるみたいで、目がキラキラと輝いている。

「曲は、佐久間先生が選んでくれたの。きいてみる？」

そういって、曲をかけた。クラシックをアップテンポにしたような曲。速くて力強くて、きいているだけでかっこいい。ちょっとだけあわせておどってくれたけど、スピンやターンをうまく組みあわせていて、はやく続きが見たいとワクワクした。

二番目はネコ。

「うちはぁ、佐久間先生が作ってくれた創作ダンス！　ねこの動きをマネした、かわいいダンスにするにゃん」

ネコも、その動きをやってみせてくれた。ニャンニャンと手まねきをしたり、お尻をふったり、四つ足で歩いたり。でんぐり返しやバク宙もする。ネコがやると本物のねこそっくりで、身のこなしも軽やかだった。できあがりが、すごく楽しみ！

三番目はロボ。

「まだ、おじいちゃんに教えてもらっている途中だから、具体的にはいえないけど……」

そういいながら、ロボは細長い袋をとりだした。

「これつかって、おどれって……」

はずかしそうにとりだしたのは、キラリと光る、長い剣だった。

「うわっ、かっけ～！」

もちろん偽物の剣なのに、ミッキーは興奮している。

「どうして男子って、ああいうのが好きなんだろうね」

サリナが、こそっと耳もとでささやいて、あたしもうなずいた。

それはまるで、ゲームにでてくる勇者がつかう剣みたいだった。

「太極拳で、剣をつかう動きがあってさ。どうせやるなら、こういうのをつかって、派手にやれって……どうかな？」

どうかっていわれても……。あたしやサリナが首をかしげると、ミッキーがぐっと身を乗りだした。

「いいに決まってんじゃん！　それでいこうぜ！」

……っていうか、ミッキーは剣に触りたくてしかたないみたい。ロボは、おじいちゃんの案が採用されて、ホッとした顔をしている。

四番目はミッキー。

「オレは、もうだいたい決まった」

そういってかけた音楽はノリのいい洋楽で、ダンッダンッと、力強いビートが鳴り響いている。ミッキーは軽く流すようにステップをふんでくれたけど、それだけでも目をうばわれた。たくさんのステップを組みあわせて、応用している。体を波打たせるような動きもくわわって、その多彩さに感心した。

「さすが、たくさんステップを知ってるね。それに、あんなにきれいなボディウエーブができるなんて」

サリナの言葉に、あたしは首をかしげた。

「ボディウエーブ？」

「そう。体を波みたいにくねらせておどるんだ。でも……、ミッキーにしては、ちょっとおとなしいような気もするなぁ」

　そういわれてみると、あたしも少し不思議だった。以前に見たのは、ブレイクダンスといって、背中や手を軸にして体を回転させる、高度なテクニックをつかったダンス。そっちのほうが、難易度が高そうで、ダンスバトルには向いているような気がするけれど……。

「みんな、いい感じで決まってきたね。ソロは、それぞれ佐久間先生にも見てもらって、全員であわせるダンスのほうもがんばろう！」

　サリナがいって、あたしたちはうなずいた。


　土曜日、バレエ教室で、佐久間先生にもソロダンスを見てもらった。真剣な顔で、ただじっと見ている。つぎつぎにおどって、あたしまでおわると、くんでいた腕をほどいた。

「そうね……方向性はいいかな。でも、イッポ」

ひとりだけ名前を呼ばれて、ドキッとした。

「いまのままじゃ、ただのものまねだよね？」

「え……はい」

「それじゃあ、オリジナルには勝てないよ」

佐久間先生のいう意味が、よくわからなかった。なるべくミントブルーと同じように、歌っておどっている。それじゃ、ダメといわれても……。

「じゃあきょうは、体幹とリズム感をきたえる練習をします」

すぐに、ダンスの練習をはじめると思っていたあたしたちは戸惑った。

「わたしたちには時間がないし、いまからリズム感をきたえるより、ダンスの練習をしたほうがいいんじゃないですか？」

サリナが、もっともなことをいった。バトルまで、あと三週間しかない。はやくステップの練習をしないと、おぼえられないかもしれない。

「あせっちゃダメ。やみくもに動きだけをおぼえても、いいダンスはできないよ」

佐久間先生の言葉に、ミッキーもうなずく。

「そうだよ。オレたちがダンスをするのは、勝つためじゃない。いいダンスをするためだ」

あたしたちは、互いに顔を見あわせた。

ミッキーのいうことはわかるけど……。負けたら、ミッキーがいなくなっちゃうかもしれないってことが、頭からはなれない。なのに、ミッキーはそんなのちっとも気にしてないって顔をしている。サリナは、しかたないというように首をふった。

「じゃあ、あおむけに寝て、深呼吸」

佐久間先生にいわれて、あたしたちは寝ながら、深く息をすったりはいたりした。

「おへその下に力を入れて、お腹をへこませたまま呼吸をして」

お腹をへこませたまま？

「おどるときも、その体勢を保つの。そうすると、お腹の内側の筋肉がきたえられて、体幹という胴体の部分もしっかりするから」

へぇ……。じゃあ、ミッキーやサリナも、こんなふうにしておどってるのかな。だから、体の中に芯が通っているみたいに、しっかりして見えるのかも。

「体幹がきたえられると、体がふらふらしなくなって、ダンスをしていてもかっこよく決まるんだよ」

じゃあ、これをマスターすれば、あたしでもかっこよくおどれるかも！

そう思うと、俄然やる気がわいてくる。

「太極拳でも、体幹ってすごく大切です。おへその下あたりに力を入れるのが、基本だから」

ロボがいって、みんなが「へぇ」って感心する。

「なるほどね。今度、みんなで太極拳をやろうか！」

佐久間先生がいうと、ロボはうれしそうにわらった。

家でも練習できるように、いくつか体幹をきたえる動きを教えてもらったあと、リズム感をきたえる練習になった。

アップテンポの音楽をかけて、カウントをとる。

「ファイブ、シックス、セブン、エイッ。ジャンプ！」

佐久間先生の手拍子にあわせて、ジャンプする。

「音楽をよくきいて、リズムに乗って！　ジャンプしながら、クラップ！」

指示に従って、かんたんな動きをくりかえす。単純な動きでも、音楽にあわせて体を動かすと、自然と楽しくリズムに乗れた。

汗をふいて水分を補給したら、つぎはいよいよ、ダンスの練習だ。

「まず、メインの音楽はこれね」

先生が持ってきてくれた音楽は、テンポのいい洋楽で、リズムにも乗りやすそうだった。

「まず、わたしがやってみせるから、見てて」

佐久間先生が、ダウンのリズムをとる。

そういえば、佐久間先生のダンスって、はじめて見るかも……。

みんなが、真剣な目でじっと見つめた。

ダウンのリズムでクラップ。前奏がおわって、ジャンプ、キック、ターン！

「わぁ！」

キックした足が、まっすぐに高くあがってかっこいい！　思わず、ため息がもれた。

前後にステップ、左右にステップ、それからボックスステップ。手を大きくふりながら、足をクロスしてターン。はじめて見るステップもあるけれど、ジャンプは高いし、動きは大きいし、とにかく楽しそう！

「はい、じゃあ、ここまでやってみようか」

いわれて、先生の手拍子にあわせてステップをふんだ。

ダウンのリズム、クラップ、ジャンプ、キック、ターン！

たったこれだけなのに、なんだかぎこちない。ミッキーやサリナは、かっこよく決まるのに……。あたしがやるとイマイチ。

「あせらないでいいから、ひとつひとつの動きを、確実にできるようにしていこう」

佐久間先生は、あきれることなく、じっくりと教えてくれた。

体のバネをきたえないと高いジャンプはできないし、やわらかくないと、足も高くあがらない。やっぱり、基本練習のつみ重ねが大切みたい。

前後、左右にステップ。こんなかんたんなことでさえ、五人でそろえようとすると、なかなかむずかしい。

「みんな、きょろきょろ周りを見ないで！　自分とみんなを信頼して」

動きにばかり気をとられると、音楽がきこえなくなってくる。

ダメダメ、集中！

周りなんか見なくても、リズムに乗ってさえいれば、きちんとあうはず。

そう自分にいいきかせて、ひたすら音楽に耳をかたむけた。

何度も同じ動きをくりかえし、つぎのステップにうつる。みんなの足音と息づかいが、くじけそうになる気持ちを支えてくれた。

その後、個人にわかれて、ソロダンスの練習になった。

「イッポ、ちょっと」

また、佐久間先生に呼ばれてドキッとした。さっきいわれた意味が、まだわかっていなかった。

「ミントブルーの曲なんだから、向こうのほうが、うまいに決まってるっていうのはわかるでしょう？」

「はい……」

あたしはうなずいた。

「だったら、イッポは、何で勝負するの？」

何って……。う〜ん。

「ただマネをするんじゃなくて、イッポらしさをださなくちゃ。歌もおどりも」

「あたしらしさって……わかりません」

正直にいうと、佐久間(さくま)先生は、ふわっとわらった。

「うん、むずかしいと思うけど、イッポなら見つけられると思うな。歌詞(かし)の意味をよく考えて。おどりだって、自己流(じこりゅう)にアレンジしていいんだから」

そうなんだ……。

完璧(かんぺき)にマネしなくちゃと思っていたあたしは、少しだけホッとした。

6 心にとどく歌

月曜の放課後は、体育館で練習。

最初は、周りにいる子たちが気になったけど、いまでは目にも入らない。ステップをあわせて、全体練習に集中する。やっとかんたんなステップをクリアして、いよいよ新しいステップ……と思ったら時間切れ。佐久間（さくま）先生にあいさつをして、あたしたちは体育館をでた。

「あ〜、もう！　間にあうか自信がないよ」

サリナとミッキーは、前から知っているステップのようだけど、あたしはまったくはじめてだし……。

「このままじゃ、本番でおどれないなんてことになるんじゃ……」

ロボも、心配そうにいう。

「そうなったら、適当におどるしかないかにゃ〜」

ネコは、相変わらずマイペースだし……。

「あー、もうわかったから！」

サリナが、みんなをなだめた。

「わたしとミッキーが、昼休みや放課後に教えるから。ね？」

そういいながら、ミッキーに顔を向ける。

「は？　なんだよ、それ。どうしてオレが、そんなこと……」

いいかけて、すがるような目で見つめるあたしたちを見回した。

「わかったよ。しゃーねーなぁ」

あきらめたみたいに、大きなため息をつく。

「そのかわり……」

よかった！　って思ったのもつかの間。ミッキーのおっかない顔つきに、背中がぞくりとした。

「容赦しないからな」

うう……こわい。でも、いまはとにかく、やれるだけのことをやるしかない！

「がんばりまーす！」

あたし、ロボ、ネコは、「えへへ」と苦笑いした。


つぎの日の放課後、あたしたちは体育倉庫に集合した。

ここって、あたしがブリッジするために、秘密特訓したところだ。学校の中で、人目につかなくて、ある程度広い場所って、ここしかないんだよね。

とはいえ、とび箱や平均台、マットなんかがあるうえに汗くさい。五人入ると、かなり息苦しい感じ。

「とりあえず最初から、通しておどってみよう」

サリナのかけ声で、あたしたちは一列になった。思いきりはおどれないけれど、ふりつけやステップの確認くらいはできる。

音楽は流せないから、サリナがカウントをとった。

「ファイブ、シックス、セブン、エイッ」

ダウンのリズムでクラップ。ジャンプ、キック、ターン。

みんな、真剣な顔で復習する。

前後にステップ。左右にステップ。ボックスステップ。手を大きくふりながら、足をクロスしてターン。

つぎのステップで、みんなの動きがバラバラになった。

「ストップ!」

見かねたサリナが、カウントをやめる。

「これ、いままでにやったことのないステップだもんね」

佐久間先生に習う前は、サリナがいろんなステップを教えてくれた。でも、その中には、今回のダンスにふくまれている、ニュージャックスイングはなかった。

「ミッキー、見本、お願いできる?」

サリナにうながされて、ミッキーは口をへの字にまげながらひきうけた。小さくカウントをつぶやきながら、体でリズムをとる。

両腕を開きながら横にジャンプしてから腕をもどし、とんだほうとは逆の腕を進行方向に向かってつきだす。左右にジャンプするとき、体をひねって腰でリズムをとっている。

さすが、うまい！

「じゃあ、まずは手の動きだけやってみようか」

正面を向いて軽くこぶしをにぎったら、両腕を水平に開く。右腕をひきよせ左腕を右につきだしながら腰をひねった。再び正面を向いたら、逆の腕も同じようにやる。

「ワン、ツー、ワン、ツー」

これだけなら、かんたん。

「つぎに、手の動きに左右のステップをくわえて」

ミッキーがゆっくりとやりながら、説明してくれる。

あれれ、ジャンプするときのタイミングが……。

「左右にジャンプするとき、腰でアップのリズムをとるとわかりやすい」

ミッキーが、みんなの動きを見てまわる。

Sweet Girl

「頭で考えるな。ステップと腰のリズムがあえば、手は自然とついてくる！」

そうか……。

意識するから、かえって動きがぎくしゃくしちゃうんだ。

腰でリズムをとりながら、手はぶらんとさせる。やっているうちに、手が自然と動きはじめた。

ワン、ツー、ワン、ツー……あっ！

ふいに、手足が連動したように、大きく動いた。一度できると、さっきまでできなかったのがうそみたいに、スムーズに動く。

ステップには、それぞれコツがあるのかもしれない。何度もくりかえすうちに、こんなふうにつかめる瞬間がくるのかも！

「よし」

ミッキーが、あたしのステップを見てうなずいた。それだけなのに、ものすごくうれしくて、疲れもふきとんだ。

「いてっ！」

「あ、ごめん……」

となりのロボとぶつかった。ついうれしくて、体を大きく動かしすぎたみたい。

「ここで練習するのは、二、三人が限界(げんかい)だね」

サリナが考えこんだ。

「しょうがない。あしたから、わかれて練習しよう」

せまいし暑苦しいし、しかたないか。

「昼休みと練習のない放課後は、わたしとミッキーが、手分けして教えることにする。そのときに、全体ダンスでわからないところとか、ソロダンスの練習をしよう」

わ、よかった！

全体ダンスはもちろんだけど、ソロダンスのほうも、佐久間(さくま)先生にいわれてずっとなやんでいた。あたしひとりじゃ、解決(かいけつ)できそうにない。もし、サリナが教えてくれるなら……。

「わたしは、ネコとロボを特訓するから、イッポはミッキーにまかせた！」

サリナがいって、みんながうなずく。

え？

ミッキー!?

「え～！」

あたしが大きな声をだすと、ミッキーにじろっとにらまれた。

いままでも、真剣にやってたつもりだけど、まだまだ甘えていたのかもしれない。

ミッキーに教わるときいてから、真剣さが倍増した。ちょっとでも手をぬいたらしかられそうで、家での練習もふやした。

腹筋、背筋、腕たてふせ、スクワット。それから柔軟とステップの復習……。

それだけ練習して、毎朝ランニングもするから、授業中もねむくなる。

佐久間先生と目があって、ぐっとあくびをかみ殺した。

ダメダメ、こんなんじゃ、先生に心配かけちゃう！

あたしは目をかっと見開いて、授業に集中した。

給食を食べおわって、休み時間になったとき、背後にぞくっと寒気を感じてふりむいた。

「練習するぞ」

ミッキーが低い声でいって、ついてこいというように、あごでろう下をさした。

なんだか、ドキドキする。

思わず、きょろきょろと周りを見た。目立たないように席を立つと、サリナが耳もとでこそっといった。

「がんばってね。わたしたちは、体育館の裏で練習するから」

ほんとうにあたしたち、ふたりきりで練習するんだ……。

ポケットに手をつっこみながら、ミッキーはどんどん先にいってしまう。渡りろう下を歩き、体育館に入っていく……と思ったら、ささっと体育倉庫の扉にすべりこんだ。

「ふたりなら、ここでもだいじょうぶだな」

ミッキーは満足そうだけど、あたしはこまった。こんなところでふたりきりだなんて、顔が熱くなる。

「なんだ、暑いのか？」

ミッキーが、怪訝な顔をした
「う、うん、暑いけど……がまんするよ」

「よし、じゃあまずは……」

ミッキーがいう前に、あたしは思いきってたのんでみた。

「あ、あのさっ、あたしのソロダンス、見てもらえない？」

それくらい自分でやれっていわれるんじゃないかと、びくびくした。でもミッキーは、あっさりとうなずいた。

「いいよ、やってみな」

「あ、ありがとう」

ミッキーみたいにうまい人の前でおどるのは、すごく緊張する。でも、いまはそんなこともいっていられない。カウントをとって、前奏の部分をクラップではじめると、小さな声でミントブルーの曲を歌いながらおどった。

歌いおわって、ミッキーを見つめた。

「どうだった……？」

おそるおそるきいてみる。ミッキーの顔はけわしかった。

「ダンスはまぁ、それなりに工夫しているみたいだけど、歌のほうは、イマイチだな」

「え、音程がずれてる？　それともリズムが……」

「音程やリズムって……、そんなこと気にしてたのか？　カラオケじゃないんだから」

ミッキーがあきれたようにいった。

「いくら音程があってたって、きいてるほうに何も伝わってこなくちゃ、意味がないだろう？」

「そ、そんなこといわれても、あたしには、これで精いっぱいだよ。これ以上、どうしろっていうの？」

ミッキーや佐久間先生のいうことは、全然わからなかった。

「あたしなんかが、ミントブルーの曲を歌っておどるなんて……最初から無理だったんだよ」

なさけなくって、落ちこんだ。何もかも放りだして、いますぐ逃げだしたい気分だ。

「じゃあさ、オマエの好きな歌って、どんな歌？」

泣き言をいって、見はなされると覚悟していたあたしは、ミッキーのやさしい声にふいをつかれた。

あたしの好きな歌？

「……心にとどく歌、かな？」

「だろ？　完璧にマネして歌えば、心にとどくと思う？」

ミッキーの言葉にハッとした。動画できいたタクヤくんの「KI・SE・KI」は、たしかにあたしの心にとどいている。でも、あたしのは、ただのマネ。だれの心にもとどかない。

「心にとどくようになんて、どうやったらいい

のか……」

「自分らしく歌えば、いいんじゃないか？」

ミッキーが、にっとわらう。

「うまいとか、ヘタとか気にしないで、自分らしい歌とダンスでさ」

「そんなの、できるのかな。しかも、ダンスまで……」

「できるよ」

そういったミッキーの目が、あまりにもやさしげで、胸がドキドキした。

「人はさ、リズムの中で生きてるんだ。心臓だって、一定のリズムで動いているだろう？　ダンスの基本は、リズムをとること。だから、オレはダンスが好きなんだ。生きてるっていう気がして」

心臓……。あたしの心臓も動いている。こんなにはげしく、ドキドキしている。

「人の中にリズムがある限り、ダンスがおどれないなんてことはない。きっとできる」

ミッキーにきっぱりといわれて、あたしにも力がわいてきた。

リズムの中で、生きている。

それって、すごくステキ！

「あの……歌は自分で練習するから。あたしにできる、ステップとふりつけを……」

「わかってる。ダンスはオレも、協力する」

ミッキーの力強い言葉に、勇気がわいてきた。自分らしい、歌とダンスを見つけられるようにがんばろう！

水曜日。

佐久間先生がいないのが残念だけど、サリナとミッキーに教えてもらいながら、五人で練習する。人前でおどることに慣れるために、どんぐり公園でやることにした。

全員のダンスは、昼休みと放課後の練習のおかげで、動きや流れをつかむことができた。ただ、全員であわせると、まだバラバラになってしまう。

何度かおどってみたけれど、イマイチあわせられないまま、続きは次回のレッスンで佐久間先生に見てもらうことにした。

「じゃあ、つぎは、ソロの練習ね」

サリナがいって、あたしたちはバラバラにわかれた。

あたしのソロダンスは、ミッキーに手伝ってもらって、ステップや手の動きをアレンジしているところ。でも、歌のほうは……。

自分でもちょっとはうまく歌えるようになったと思うけど、心にとどくというのとは少しちがう気がして、まだ自分らしさをつかめないでいた。

佐久間先生は、歌詞の意味を考えてっていってたっけ。

ミントブルーのデビュー曲、「KI・SE・KI」って曲は、夢に向かっている仲間同士の友情を歌ったもの。

タクヤくんは、どんな気持ちでこの詞を書いたんだろう。

周りを見ると、みんな自分のおどりに集中していた。ネコとロボも、自分のダンスを見つけて、真剣に向きあっている。

あ〜、あたしもがんばらなくちゃ！

「KI・SE・KI」の前奏を頭にうかべながら、クラップする。歌いはじめて、ふりをつけた。

タクヤくんの声は高くて、あたしにはちょうどいい音域。でも、タクヤくんのほうが、ずっといい声。

夢中で歌いながら考えた。

仲間、友情、夢……。そういえばあたしも、友だちと仲間って何がちがうんだろうって、思ったことがあったな。いまでもそれは、はっきりとはわからないけど……。

そのとき、だれかに見られている気配を感じた。

まぁ、公園だからしかたない。もう、はずかしいとかいってられないし。

そう思いながら、ふりむいてみると。

「タ、タクヤくん！」

びっくりした。そこには、キャップを目深にかぶったタクヤくんがいた。

ど、どうしよう！　歌、きかれた？　ダンス、見られた？

「ちょっと、偵察にきたんだ。あきらめて、逃げだしてないか」

タクヤくんはそういいながら、おどろいたようにあたしを見つめていた。

「きみ、ぼくの歌でおどるつもり？」

「あ、いや、その……」

あたしは、なんて答えていいかわからずに、しどろもどろになった。

「タクヤじゃないか。何やってるんだ？」

ミッキーが、気楽な調子で近づいてくる。サリナたちも集まってきた。

「オレたちみんな、ミントブルーとの対決を楽しみにしてる」

それをきいて、タクヤくんは複雑な表情をうかべた。

「それはいいけど、どうしてぼくの歌なんだよ。他に、いくらでもあるのに……」

タクヤくんの声はかたかった。やっぱり、怒ってるのかも。

「オレがすすめたんだ」

「ミッキーが？」

タクヤくんが、目を見開いた。

「オレ、あの曲、好きだからさ」

ミッキーがさらりというと、タクヤくんの顔がさっと赤くなった。

「ふん。いまさらそんなこといって……その手には乗らないよ」

言葉は強いけど、本気で怒っているようにはきこえなかった。

「まぁ、いい。そっちがやる気なら、こっちも準備のほう、進めるから」

そういって、折りたたんだメモをさしだした。

「時間と場所、そこに書いてある。必要なものがあったら、そろえるからさ」

タクヤくんはぶっきらぼうにいうと、キャップをかぶりなおして歩きだした。

「必要なものがあったらって……ずいぶん親切じゃない。何か、たくらんでるんじゃないの？」

去っていくタクヤくんの背中を見ながら、サリナがいう。

そうかな……。

あたしには、そうは思えなかった。タクヤくんは、あたしたちが本気で勝負する気があるのかどうか、たしかめにきたんじゃないかな。それがわかったから、ミントブルーの曲をつかうことも暗に認めてくれたんじゃ……。

そう思ったら、いてもたってもいられなくなって、あたしはかけだしていた。

「待って！」

公園の出口で追いついた。タクヤくんがふりむく。

「あ、あの……あたし、あの曲すごく好き。歌えば歌うほど、好きになっていく。でも……まだ何か、つかめない気がして」

息をきらしながら必死でいうと、タクヤくんは眉をよせた。

「タクヤくん、どうしてあの詞を書いたのか、教えてくれる？」

何をいってんだという表情だった。無理もない。勝負の相手に、わざわざそんなことを教えるなんてありえない。

でも、しかめつらだったタクヤくんの顔が、ふっとやわらいだ。

「ホント、かわってるよな」

今度は、あきれたような顔をしている。

「バトルの相手の持ち歌をつかううえに、敵である、ぼくに教えてほしいだなんて」

「ご、ごめん……図々しくて」

あたしはうつむいた。あまりにも必死すぎて、深く考えるよゆうもなかったけど……やっぱり変だよね。

「それを作ったのは、まだミッキーが、事務所にいたころだよ」

それでもタクヤくんは、話しはじめた。

「ぼくは作詞するのが好きで、ノートに何冊も書きためていた。それを、たまにミッキーにも見せてたんだけど、はじめてほめてくれた詞だったんだ」

「そうだったの」

「あの詞は、ミッキーや、他の仲間たちのことを思って作ったんだ。いつかデビューして、大きな舞台にいっしょに立ちたいと思って」

ああ……。だから、仲間とか、夢とか、友情なんだ。

「ミッキーとぼくは、三歳のころから事務所

にいるから、一番古いつきあいなんだ。どんなにレッスンがきびしくても、ミッキーがいたからがんばれた」

「それ、ミッキーもいってた。タクヤくんがいたから、がんばれたって」

「ミッキーが？」

タクヤくんが、意外そうな顔をした。でも、すぐに打ち消すように首をふった。

「そんなはずないよ。ミッキーは、いつだってひとりでだいじょうぶだった。やめるときだって、ひとりで決めてさ」

あ……。

ダンスキッズ選手権のこととか、いろいろいってたけど、タクヤくんにとってはそれが一番ショックだったのかも。

「もう、すぎたことだけどね」

そういいながらも、ずっとわだかまっているのが伝わってくる。

もどかしいけど、どんな言葉も、いまのタクヤくんにはとどかないだろう。やっぱりミッキーのいう通り、歌やダンスでぶつかっていくしかないのかもしれない。

「ぼくの歌、歌ってくれてありがとう」

タクヤくんは、気をとりなおすように少しだけほほえんだ。

「意外といい歌なんだなって……自分が歌っているときは、気づかなかったけどね」

それをきいて、あたしも少しホッとした。

「そうだ、きみ、名前は？」

「イッポ」

「イッポか……。今度のバトルで、ぼくはミッキーに勝つ。それで、決着をつけるんだ」

タクヤくんは自分にいいきかせるようにいうと、手をふっていってしまった。

もし、タクヤくんが負けてしまったら……。

いまより、もっと傷（きず）つくかもしれない。

でも、もし勝ったとしても、ミッキーに対するわだかまりが、なくなるとは思えない。どちらにしても……。

あたしは、どうしていいかわからなくなった。

DANSTEP（ダンステップ） 1

ニュージャックスイング編
Level ★★★

7 チーム、ファーストステップ！

昼休み、きょうもミッキーと練習をする。

何度かソロのダンスをくりかえし、細かいところも見てもらったあと、あたしは思いきってきいてみた。

「あの曲……タクヤくんが、ミッキーたち仲間のことを思って、作詞したんだってね」

「ああ、そうだろうな」

そうだろうなって、ひとごとみたいに……。

「あの詞を見せられたとき、はじめて、だれかに負けたと思った」

あたしは、少しびっくりした。負けず嫌いなミッキーが、そんなことをいうなんて。

「タクヤくんと仲間だったんでしょう？　だったら、どうしてやめるときに相談しなかったの？」

　そういうの、わからない。たとえば、仲のいい子がとつぜんいなくなったら、あたしはさびしいと思う。

「相談したら、あいつはやめるなっていうだろうし。もしかしたら、いっしょにやめるとかいいだすかもしれなかったし」

　そっか……。

　ダンスキッズ選手権での不正は、すべて大人が仕組んだこと。だったら、そんな大人のせいでやめることはないというかもしれないし、そんな芸能界に絶望してしまうかもしれない。それに、大会で優勝するはずだったのはミッキーだと知ったら……タクヤくんは、傷つくに決まってる。

　ミッキーは、それがわかっていたから、タクヤくんにいえなかったんだ。

　なんだか、かなしい……。

「でも結局、オレはダンスをやめられなかったけどな」

　ミッキーは、さびしそうにわらった。

「オレなんかいなくなったって、何も変わらないだろうって思ってたんだ。タクヤが、あんなに怒ってるなんて……」

「だって、仲間だったんでしょう⁉」

強い口調でいうと、ミッキーがあたしを見た。

「いまは……あたしたちにとっても、ミッキーは大切な仲間だよ。だから、急にいなくなったらこまる。あたしには、タクヤくんの気持ちがわかるよ！」

ミッキーは、力なくうつむいた。

「オレも最近、ちょっとだけ、わかりかけている気がする。仲間って、どういうことか」

体育倉庫が、シンとしずまりかえった。

もう、ミッキーとタクヤくんは、どうしようもないのかな。

でも、仲間なら……。

そうか。タクヤくんが「KI・SE・KI」の中で、いいたかったことって……。

何かをつかみかけた、そのとき、体育倉庫の扉がガラッと開いた。

「イッポ、ミッキー、予鈴鳴ってるよ！」

サリナがひょこっと顔をだした。

「え？　しまった！」

体育倉庫では、予鈴がきこえないんだっけ！

あたしたちは、教室に向かってダッシュした。


「残り二週間、気合い入れてくよ！」

佐久間先生が大きな声でいった。

最初のフォーメーション。センターはサリナ。その両脇にロボとミッキーが立ち、ロボのとなりがネコ、ミッキーのとなりがあたし。

クラップした後、ジャンプ、キック、ターン。ダウンのリズムをとりながら、前後、左右、ボックスステップをふむ。

「ロボ、おくれてる！　もっと腕をあげて、動きをそろえて！」

佐久間先生の声が響く。みんなの息づかいがきこえた。

「イッポ、呼吸をあわせて！　笑顔で！」

息があがると、つい笑顔がひきつりそうになる。

「ダメダメ、もう一回！　最初のジャンプとキックがそろわないと、みっともないよ！」

ジャンプして、前に向かってキックする。ここが、なかなかそろわない。ジャンプの高さもそれぞれちがうし、キックのタイミングもちがう。

「タン、タン、タンの、リズムにあわせて！」

佐久間先生が、手拍子をする。何度もジャンプして、キックする。あうまで、ひたすらくりかえす。

パンッパンッパンッパン！

「もう一度！」

先生のてのひらが赤い。

息があがり、汗が目にしみた。それでも、足をふりあげジャンプする。目の前の鏡を、じっと見つめる。

ジャンプ、キック、ターン。

もう一度！

みんなの動きが、だんだん、そろってくる。

頭の中で、イメージがかたまってきた。

ジャンプ、キック、ターン！

あ……！

「そう、いまの感じ！」

佐久間（さくま）先生がさけぶ。

そろった。

いま、みんなの動きがぴたりとあって、心も通じあった気がした。

なんだろう、この一体感。めちゃくちゃ気持ちいい！

思わず笑顔がこぼれて、互（たが）いに肩（かた）でつつきあったり、こぶしをぶつけあったり。

ひとりじゃ味わえない。仲間がいるからこそ、感じられる喜びだった。

感覚がつかめるまで何度かくりかえすと、佐久間先生は先に進んだ。

「じゃあ、つぎ、ニュージャックスイングから」

腕を大きくふりながら、右、左とステップをふむ。勢いあまって、となりにいるミッキーにぶつかった。

「ご、ごめんっ」

しかられる～！

「どんまい」

へ!?

ミッキーが、どんまいって……。

サリナも、ロボも、ネコも真剣だった。

ひとつの目標に向かって、みんなで進んでいく。だれがおくれても、だれが進みすぎても、到達することはできない。

それはすごく面倒で、大変だけど……そこにある何かをつかむために、みんなでまっすぐに向かっていく。

これが、仲間？

「オーケー。もっとあわせる必要があるけど、前半はこんな感じでいいよ！」

佐久間（さくま）先生からオーケーがでて、みんな、ホッと胸（むね）をなでおろした。

「じゃあ、つづけてソロのところを通してやってみよう。順番はどうする？」

先生にきかれて、あたしたちは顔を見あわせた。ソロの順番は、まだ決めてない。

「最初は……サリナがいいだろうな」

ミッキーがいった。

「どうして？」

「まずは、うまいやつを見せて、みんなの目をひかなくちゃ」

なるほど……。それも戦略（せんりゃく）のひとつってわけね。

「二番目はネコ、三番目はロボ。四番目はオレ」

え？　まさか……。

「あ、あたしが最後ぉ!?」

そんなの無理！

思いきり首をふると、ミッキーが顔をしかめた。

「しょうがないだろ。オマエは切り札なんだから」

「切り札って？」

それってもしかして、期待されてるってこと!?

「誤解すんなよ。オマエは、何をしでかすかわからないからな。途中でめちゃくちゃにされたらこまるし」

げっ……。ひどすぎる。

「まぁ、最後だから自由にやってくれって感じ。後は、オレたちにまかせろ」

そういうミッキーは、冗談でも、からかってるわけでもないみたい。みんなも、うんうんとうなずいている。

なんか、心強い。

「わかった。あたし、がんばる！」

むくむくと力がわいてきた。こうなったら、失敗をおそれずに、思いっきり盛りあげるしかない！

「じゃあ、その順番でやってみようか」

佐久間先生がいって、サリナが前にでておどりだす。ソロ以外のメンバーは、ダウンのリズムをとりながら、左右にステップしてクラップ。

ネコ、ロボ、ミッキーとつづいて、あたしの番になった。

「KI・SE・KI」の詞の意味が、わかりかけている。毎日の練習の中で、いつも仲間の存在を感じていた。

ひとりじゃどうしようもないことも、仲間といっしょなら乗りこえられる。

仲間との出会いこそが奇跡。

そんな思いをこめて歌う。ミッキーと考えて作ったダンスで、元気にステップをふむ。

サビの部分で、ふと思いついた。歌の内容をダンスで表現できないかなって。

あたしのソロがおわって、また全員のダンスになる。

後半は、前半のステップをアレンジしながらくりかえし、ラストはみんなが中央に集まってポーズをつける。

「みんなのソロ、とってもよくなったよ」

佐久間先生が、笑顔でいった。

「サリナのバレエ、感情がこもっててとってもいい。ロボの太極拳もキレがでてきたから、あともう少しね。ネコのミュージカル風も、軽やかな感じがでてるし。ミッキーは……」

首をかしげて、にっこりとわらう。

「友だちを思う気持ちが、伝わってくる」

え？

みんながミッキーを見た。ミッキーのダンスは相変わらずうまいけど、友だちを思う気持ちって？

「まぁな」

わざとぶっきらぼうにいって、ミッキーは照れているみたい。

一体、何のことだろう。先生はダンスを見るだけで、あたしたちにはわからない何かを感じることができるのかな？

「それにイッポ。よく歌詞の意味を考えたね。そういうの、きいてるほうにも伝わってくるから。もう少し、ダンスのほうにも、いかせるといいんだけど」

佐久間先生にほめられてうれしかった。もう少し……あと少しだ！

「みんなのソロはいいのに……ラストがイマイチなんだよなぁ。わたしもがんばって、いいダンスを考えなくちゃ」

佐久間先生は、くやしそうにいった。

「今回、五人ではじめておどるんだよね？　せっかくだから、五人がつながる感じを表現したいんだけど……」

つながる感じ？

みんなでステップをふむだけで、じゅうぶん楽しいし、一体感がある。それ以上のことなんて想像もつかない。

「つながる、つながる……」

先生は、頭を抱えてつぶやきつづけた。

だいじょうぶかなって心配になった、そのとき。

とつぜん顔をあげて、パッと明るい表情になった。

「そうだ、ウエーブをやろうか！」

ウエーブって……まさか、いまさら新しいことをやるの？　あと二週間しかないのに。

「最後に、ウエーブを五人でやっておわるってどう？」

「それ、いいですね！」

サリナは、すぐに話に乗った。でも、あたしは……。

「いまから……できるかな」

思わず、口をついてでた。

そりゃあ、サリナやミッキーはすぐにできるのかもしれないけど、あたしは、いまでも手いっぱいなのに……。

ロボとネコもうなずいた。それを見たサリナも、「そうだよね」と、ため息をついた。

「気持ちはわかるけど……」

佐久間（さくま）先生が、あたしたちを見まわした。

「さっきのジャンプキックだって、練習してそろったじゃない。できたら、気持ちよかったでしょう？」

いわれて思いだした。たしかに、気持ちよかったけど……。

「ああいう一体感を、もっともっと、味わってほしいんだ。勝負とか、関係なく」

「でも……」

勝つために……、ミッキーを失わないために、がんばっているのに。

「あのさぁ」

ミッキーが口を開いた。

「別に、負けてもいいじゃん」

え……。

みんながミッキーを見る。

「失敗をおそれて楽しくおどれないなんて、このチームらしくない」

「でも、それじゃあ、タクヤくんとの約束が……」

いいかけたサリナを、ミッキーがとめた。

「約束なんて関係ない。ほんとうにいいダンスができれば……アイツだってわかってくれる。それを伝えるために、オレたちはおどるんだ」

いってることは、わかるけど……それでも、わかってもらえなかったら？

タクヤくんの気持ちを、ダンスで変えるなんて。

「わたしもそう思うな」

佐久間(さくま)先生がうなずいた。

「いま、みんなは心をひとつにして、新しい世界にとびだそうとしてる。だからこそ、人の心を動かせるようなダンスができると思うの。もっと、自信もって！」

あたしたちは、互(たが)いの顔を見つめあった。

人の心を動かせるようなダンス……。

自分ひとりじゃ無理かもしれないけど、みんなといっしょなら、もしかしたら……。

「ぼ、ぼく……ウエーブでも、なんでもやります！」

ロボが、こぶしをにぎりしめた。

「うちも！　ほんとうは、やってみたいにゃん！」

ネコも、目をきゅっと細めた。

サリナに肩をたたかれて、あたしも「わかった」とうなずいた。

「ねぇ。わたし、チーム名思いついた！」

とつぜん、サリナがいった。

「ファーストステップってどう？」

ファーストステップ？　はじめの……一歩？

「え、やだ！　それじゃあまるで、あたしのチームみたいじゃない！」

あたしが照れまくると、ミッキーが冷たくいった。

「だれもそんなこと、思わねーよ」

……あっそ。

「いいんじゃない？　チーム・ファーストステップ。わたしたちらしくて」

佐久間先生が、にこっとわらった。

はじめの一歩かぁ。

あたしたち、やっと歩きだそうとしている。

まだ、どこに向かっていくのかは、わからないけれど……。

佐久間先生が、すっと片手をさしだした。

「じゃあ、ウエーブもふくめて、わたしたちのダンス、がんばろう」

「はい！」

サリナが、先生の手の甲に自分の手を重ねる。

「しゃーねーなぁ」

ミッキーも無愛想に、その上に重ねた。

「どこまでも、ついていきます！」

ロボも手をおく。

「おもしろくなってきたにゃん」

ネコもにやりとわらって手をおいた。

五人の手が重なって、あたしも一番上に手をおいた。みんなの熱が、てのひらを通して伝わってくる。

これが、あたしたちのはじめの一歩。

佐久間先生がうなずいて、かけ声をあげた。

「ゴー、ファイト、ファーストステップ！」

みんなの心も、ぴたりとひとつに重なった。

8 ウエーブ

つぎの日、佐久間先生が、編集したダンスの音楽を持ってきてくれた。

全員でおどるメインの曲に、いったいどうやってソロの曲をつなげていくんだろうと不思議だったけれど、佐久間先生が用意してくれた音楽をきいておどろいた。きれいにかっこよくつながっていて、さすが！ って感じ。

前半のダンス、中盤のソロ、後半のダンス。なんとかなりそうなんだけど、問題は、ラスト。もう二週間を切ったというのに、ウエーブという新しい技をおぼえなくちゃいけない。

「あの、質問！」

あたしは、ぴしっと手をあげた。

「ウエーブって、どういうのをいうんですか？　サッカーの試合とかで、手をあげたりするのも、ウエーブっていいますよね？」

観客席の人たちが、両手をあげながら順番に立ちあがったりすわったりして、全体を波みたいに見せるやつ。

「まぁ、それもウエーブだけど、ダンスでいうウエーブは、体全体をつかうの。ひとりで体を波打たせるようにするウエーブもあるし、ウエーブをとなりの人につなげていって、何人かで長いウエーブを作るのもある。あれなら、何人でもできるし楽しいよ」

佐久間先生が、ていねいに教えてくれた。

「そういえば！　ミッキーがやってたのも、ボディウエーブっていうんだよね？」

サリナが教えてくれたのを思いだした。

「そう。頭の先から足の先までつかって、体のすべてでウエーブを作る」

そういいながら佐久間先生は、左手の指先から左足の指先まで動かしたり、頭から胴体、足先へとウエーブを送ったりして見せた。

「うわっ、体がくねくねしてる！　体の中に、変な生きものがいるみたいにゃ！」

ネコがおどろく。ネコのいう通り、体の中を生きものが動き回っているみたいに波打っている。

「ミッキーも、ボディウエーブが得意みたいね」

佐久間（さくま）先生にいわれて、ミッキーがうなずく。

「あれ、ダンスのレッスンのとき、よくやらされてたから」

ダンスのレッスンって、たぶん芸能事務所（げいのうじむしょ）に所属（しょぞく）していたときのレッスンのことだと思う。よくやってたってことは、タクヤくんもいっしょに……。

「あ！」

「イッポ……どうしたの？」

「え、ううん！　もしかしてって思って」

「もしかしてって、何が？」

サリナにきかれて、口ごもった。みんながこっちを見ている。

「あの……今回のソロ、どうしてミッキーが、ステップ中心のダンスにしたのかわからなかったんだ。だってミッキーは、大技をたくさんつかった、ブレイクダンスなんかもできるのに……」

　みんながうなずく。でも、佐久間先生だけは、ふふっとわらった。

「そうだよね。でもミッキーは、あえてそんなのはつかわずに、基本的なステップやボディウエーブで勝負することにした」

　それでもみんなは、何のことかわからないというように首をかしげた。

　だから今度は、あたしが説明した。

「いま、ボディウエーブをレッスンのときにやってたってきいて、思いついたんだけど……。ミッキーは、タクヤくんとレッスンのときにやってたことを、ソロに入れたかったんじゃないかな」

　いまでも、いっしょにがんばった日々をおぼえていると、伝えるために。

「……そんなんじゃねーよ」

　ミッキーは顔を赤くしながら、くしゃっと頭をかきまわした。

「でも、あのときがあったから、いまのオレがいるんだ。アイツらとがんばっていたこと思いだしたら、自然とそんなダンスがしたくなって……」

佐久間先生は、ミッキーのダンスを見ただけで、それを察したんだ。なんか、すごいな。

「それならよけいに、ラストのウエーブを成功させなくちゃ！」

サリナがいって、みんなもうなずく。

「そうだね。今回やるのは、手だけのハンドウエーブ」

そういって佐久間先生は、両手を肩の高さで水平に広げ、左手の指先から右手の指先まで、波のように動かした。

「ミッキー、前にきて」

先生に呼ばれて、ミッキーがとなりに立って手をつなぐ。先生の左手から発生した波が、先生のひじ、肩、首を通って右側に移動する。その波が、右に立つミッキーにも同じように伝わって送られていった。

うわぁ……。

まるで先生とミッキーの体が、一体になったように見えた。

「むずかしそうに見えるかもしれないけど、そうでもないんだよ。ひとつひとつの動きはかんたんで、それをつなげるだけだから、慣れれば楽勝」

そういわれて、あたしたちは、先生のマネをした。

両手を水平に広げて、指先までピンっとのばす。最初に、指先で山をつくる。つぎに手首をまげて山にする。それからひじをあげて山をつくり、つぎに肩をあげる。

「そしたら、あげた肩を下ろすと同時に逆側の肩をあげて、同じようにひじ、手首、指先の順に山をつくって波を送っていくわけ」

なるほど。それがスムーズにできると、波が動いているように見えるわけか。

頭ではわかったけど、実際にやってみると、カクカクしてコマ送りみたいになる。

「生活の中に、この動きをとりいれて練習してみて。たとえば着がえるとき、歩いているとき、物をひろうとき。意識して、体を動かしてごらん」

佐久間先生は明るくいうけれど、それってちょっと、はずかしいような……。

ううん！　そんなことをいってる場合じゃない！

「日ごろこんな動きをすることなんてないから、筋肉が慣れてないだけで、慣れれば自然にできるようになる」

　ミッキーにいわれて、みんなもうなずいた。

「ウエーブは、大勢でやると一体感が生まれるし、楽しいよ。がんばろう」

　佐久間先生が、にっこりとわらった。


　その日から、あたしは、家でもウエーブの練習をすることにした。

　佐久間先生のいう通り、夕食のときにもチャレンジしてみる。

「一歩、おしょうゆとって」

　お母さんにいわれて、肩をあげて、ひじをまげて、手首をまげてからしょうゆをとる。わたした後は、逆の動きをしてもどす。

　お母さんは口をぽかんとあけ、お父さんは、はしを持ったままかたまった。

「どこか、怪我でもしたのか？」

「どうして？」

「だって……腕がひきつってるぞ」

腕がひきつってるって……どんなのよ！

「これはね、ウエーブっていうの。波よ、波。わかる？」

お父さんもお母さんも、ちっともわからないというように首をかしげた。

「新聞、とってくれるか？」

お父さんが、おそるおそるいった。あたしは、イスの上の新聞を、ウエーブをつかって手わたした。

「ペンとって」

「テレビのリモコンとって」

「メガネを……」

「ちょっと！」

交互に用事をいいつけるお父さんとお母さんに、あたしの怒りが爆発した。

「なんか、バカにしてる!?」

「いや……おもしろいなと思って」

おもしろいって……も〜！

「これも、ダンスのためなの！」

あたしがいうと、お母さんは口をつきだして、おかしな顔をした。

「もしかして、こういうダンス？」

変な顔のまま、両腕をくねくねさせる。

「ママ！　それじゃあ、タコダンスじゃないか！　一歩のは……イカだろ？」

「お父さん！」

あたしは、思いきりにらみつけた。お母さんもお父さんも、なんにもわかってないんだから！

「しかし一歩は、転校して変わったなぁ」

お父さんが、にこにことうれしそうな顔をした。

「どこが？」

わざと気のない返事をした。

「う〜ん、なんていうか……」

言葉を選ぶように、考えこんでいる。

「いろんなことに、積極的になったかな」

「そっかな？」

眉をよせると、お母さんもうなずいた。

「そうよね。前は、どっちかっていうと消極的だったし、新しいことにチャレンジしたくないって感じだったでしょう？」

「そういわれれば……まぁ」

さすがお母さん、するどすぎて耳がいたい。

「いまは、いい感じだよ」

いい感じ……？　いい感じかぁ。

「ちょっと、変だけどね」

お父さんもお母さんも、ニヤニヤしている。

「それはないでしょ！」

怒ってはみたけれど、内心では、まんざらでもない気分だった。

腕をのばして水平に広げ、指先、手首、ひじ、肩と、波を送っていく。最初はゆっくり、じょじょに速く。

佐久間先生のいった通り、慣れてくると、動きがスムーズになってきた気がした。

いままでつかってなかった筋肉をつかうことで、そこの部分がほぐれてきたって感じ。

あたしの力では、まだまだ思い通りには動いてくれないけど……。

学校の行き帰り、トイレの中、掃除のとき。

人目がないのを見はからって、ウエーブの練習をした。たまにだれかに見られたときは、「背中がかゆいな〜」とかいいながら、ごそごそと体を動かしてごまかした。

ロボやネコも、たまにやっているのがわかる。手をひらひらさせて、なめらかに動かす練習をしているのを見ると、あたしも負けていられないって思う。

昼休みや放課後の練習も、ウエーブが中心になった。

いままでは、ミッキーとふたりでやっていたけれど、ウエーブなら五人そろったほうがいい。

体育館の裏で、五人ならんでウエーブをする。

右から左に送り、左から右に送りかえす。

最初は、手をつなぐことさえ照れていたけど、いまではうまく波を送ることしか頭にない。

予鈴（よれい）や下校の放送が鳴るまで、何度でもくりかえした。

土曜日、最後の練習。あしたはいよいよ、ダンスバトルの日。

これで失敗したら後がない。本番も自信を持ってのぞむことはできないだろうと考えると、なんとしてでも成功させたいと思う。

前半二分間のダンスは、ばっちりあわせられた。ソロのダンスも、無事におわる。

後半のダンスをあわせて、最後は五人ならんでウエーブ。

手をつなぎ、ネコが送った波を順番に送っていく。ネコから送られた波は、ロボでぎこちなくなり、サリナとミッキーのところでなめらかになったあと、あたしのところでガタガタになる。

「はい、やりなおし！」

もう、何回目だろう。

さっきからずっと、佐久間先生にダメだしをされている。ダンスのラストが決まらなかったら、他がよくても台無しだ。

「ダンスって、イメージが大切だよ。腕の上で、卵を転がしているって想像してごらん」

腕の上で、卵か……。なめらかに動かさないと、転がらないだろうな。

「じゃあ、うちから卵を送るにゃん！　落とさないよーに！」

ネコがプレッシャーをかける。

あたしたちの卵か……。

頭の中で、見えない卵を想像した。ネコからロボへ、サリナからミッキーへ、右腕から左腕へと卵が送られる。あたしはその卵をうけとって、自分の腕の上で転がした。

そんなイメージで、何度もくりかえす。

途中でつかれたら、腕をぐるぐるまわしたり、もみほぐしたりしながらもう一度。

「ワン、ツー、スリー、フォー、ファイブ、シックス、セブン、エイッ」

佐久間先生の手拍子にあわせて送っていく。

速すぎてもおそすぎてもダメ。みんなの呼吸がぴたっとあわないと……。

「よしっ！」

いったい何度目だろう。佐久間先生が、力強くいった。

できた⁉

最後まで、とどいた⁉

「やった～！」

みんなでハイタッチ！

すっごくうれしい！

「ひとりひとりががんばったから、五人がつながれたんだよ」

佐久間先生の言葉にうなずいた。

そうだ、五人がつながれたっていうことが、一番うれしい。

「あしたも、この調子でがんばろうね」

先生は順番に、あたしたちの頭をぐりぐりとなでて回った。

DANSTEP ②

ダンステップ

ハンドウエーブのやりかた

①〜⑥のように、まげるところをかえて、山をつくっていってね。⑥であげた肩をおろすと同時に、反対の肩をあげて、⑤④③②①の順で山をつくって波を送るんだよ。

① まっすぐ

② 指の第2関節だけまげる

③ 指のつけ根だけまげる

④ 指をまっすぐにもどし、手首だけまげる

⑤ 手首をまっすぐにし、ひじだけまげる

⑥ ひじをもどし、肩をあげる

腕の位置をキープすると、かっこよくキマるよ!

9 アウェーの対決

日曜日、タクヤくんが指定してきた集合場所は、なんとライブ会場だった。慣れない場所に、おどおどしてしまう。

入り口の前には、女の子たちがならんでいた。

「これ、どういうこと?」

サリナがミッキーをにらむ。

「知らねーよ。タクヤが、ここにこいっていったんだ。とにかく中に入ってみようぜ」

入り口には「関係者以外立ち入り禁止」の表示があって、ガードマンが立っていた。

なんだか、おっかない……。

「タクヤさんのお友だちですか?」

きかれて、あたしたちはうなずいた。

「こちらからどうぞ」

立ち入り禁止のロープをはずして、中に入れてくれた。女の子たちが、こっちをにらみながら「何よ、あの子たち！」ってささやいている。

木材やいろんな道具が、無造作におかれている細い通路をぬけると、いくつか部屋がならんでいた。その中に、「ミントブルー楽屋」と書かれたドアがある。

扉から、黒いジャケットを着た男の人が、せわしげにでてきた。

「やあ、ひさしぶり！　元気だったぁ？」

手をあげると、その人は軽い調子でミッキーに話しかけてきた。

「タクヤからきいたよ。また、復帰を考えてるんだって？　事務所のほうには、ぼくがうまく話すからさ、何でも相談してよ」

そんなことをいって、親しげな笑顔を向けている。タクヤくんったら、一体何をいったんだろう。かんちがいしているその人に反発すると思ったのに、ミッキーは自分から近づいていった。

「実は、ちょっとききたいことがあるんですけど」

内緒話みたいに、ひそひそと男の人の耳もとで何かいっている。

だれだろう。なんか、怪しい。大人と親しげに話す姿を見て、あたしはミッキーが遠くなっていくようで不安だった。

開いた扉から、中が見える。部屋には、鏡や衣装があって、テーブルやパイプいすもおかれている。大人の人がでたり入ったりしている中に、派手な衣装を着た、タクヤくんや他のメンバーがいた。

「やあ、よくきてくれたね」

タクヤくんがいつものさわやかな笑顔でいうと、他のメンバーもよってきた。

わ、さすがアイドル。みんな、タクヤくんみたいにさわやかで、かわいい顔をしている。

「おはようございます」

「ひさしぶりです」

ミッキーに向かって、頭を下げている。タクヤくんとちがって、ちょっと遠慮している感じ？　もしかしたら年とか関係なくて、長く事務所にいたミッキーのほうが、先輩っていう感じなのかも。

「こっちのメンバーを紹介するよ。右から、サトシ、ダイキ、マサト、リュウセイだ」

「よろしくお願いしまーす」

サリナが、かわいらしくあいさつした。まったく……サリナったら、ぬかりがない。さっきまで文句をいってたくせに、ちゃっかり味方につけようとしている。

「それより、なんだよあれは」

ミッキーが、あからさまに顔をしかめて、外を指さした。

「きょうは、ファンクラブ限定のライブなんだ。わざわざメンバーを集めるのも面倒だから、ダンスバトルもついでにやっちゃおうと思って」

タクヤくんが、あどけない顔で肩をすくめる。

「ダンスバトルをしようっていうからきたんだ。ついでって、どういうことだよ」

強い口調のミッキーに、タクヤくんはほほえんだ。

「そんなに怒らないでよ。ステージもあるし、観客もいる。ついでに、審査もしてくれるんだから、問題ないだろう？」

え？　審査？　審査っていった？

「まさか、あのファンの子たちが、審査するっていうわけ!?」

サリナの手が、タクヤくんの胸ぐらをつかみ、ミントブルーのメンバーがぎょっとした。

「さ、サリナ、落ちついて」

あたしは、サリナの手をひきはなした。

「だって、そんなのありえない！」

「そうだけど……」

あたしは、おろおろとタクヤくんを見た。

ミントブルーのメンバーは、笑顔をひきつらせて、さりげなくサリナからはなれていった。

「拍手の多さで決めるって、どうかな？」

それでもタクヤくんは、ひきさがらない。

「ファンなんだから、あんたたちのほうが有利に決まってるじゃない！」

「そっかなぁ？」

タクヤくんが、悲しそうな様子でこまった顔をした。

「もう、マネージャーにも了解もらったし。マネージャーも、ミッキーならいいよって」

マネージャーって、もしかして、さっきの黒いジャケットの人？　ミッキーって、いまでもそんな扱いなんだ。ミッキーも親しげに話してたし……ますます不安がふくらんでくる。

「それに、もうリハもおわってて、きみたちの時間もとっちゃってるから、いまさらなしってわけにはいかないよ」

「オレたちのリハーサルは、なしかよ」

顔をしかめながら、ミッキーはため息をついた。

「しゃーねぇ。やるか」

「やるって!?　こんな不利な条件で、やるっていうの？」

目をつりあげたサリナが、ミッキーにつめよった。

「いいじゃん。タクヤがいうように、ステージはあるし、観客はいるし」

そりゃ……。ミッキーはいいだろうけど。

「よかった。ぼくらみんな、ミッキーのこと、歓迎するからさ。またいっしょにおどろうよ」

他のメンバーも「話はきいているよ」というように、にこっとわらってうなずいた。

もしかしたらタクヤくんは、ミッキーをその気にさせるために、こんな状況にしたのかもしれない。

「オレも……あのころのことは、なつかしいけど」

ミッキーが、ミントブルーのメンバーを見まわした。

「オレたちは、勝つつもりだ」

ほほえんでいた、メンバーの笑顔がかたまった。

「それに、どこにいたって、オレたちが仲間であることには変わりない。そうだろ？」

　そういってもタクヤくんは、笑みをくずさずに、ミッキーの肩をぽんっとたたいた。

「ミッキーの口から、仲間なんて言葉、はじめてきいたよ。そんなうそ、信じると思う？　負けたら、ミントブルーに入るっていう約束だ」

　タクヤくん……。

「ちょっと！」

　サリナがミッキーをひっぱって、こそこそという。

「わたしたち、完全にアウェーだよ？　敵の陣地で戦うようなものじゃない！」

「そっか。うまいこというな」

「あのねぇ！　負けてもいいの!?」

「負けねーよ。だろ？」

　そういって、ミッキーはあたしたちを見た。

　もちろん、そのつもりだけど……。

「タクヤのいう通り、オレはいままで、仲間とか意識したことがなかった。でも、あのチーム名が決まったとき、オレにとっても、これがはじめの一歩のような気がしたんだ」

　どういうこと？

「芸能界をやめて、オレのダンスはふりだしにもどった。だから、この先どんなダンスがしたいのか、わからなかったんだ。でも……」

　ミッキーが、あたしたちを見まわした。

「オレもこのチームで、いままでとはちがうダンスを見つけられそうな気がする」

　ミッキー……本気だ。

　ミッキーにとっては、ダンスができれば、どこでも、だれとでもいいんじゃないかって、心のどこかで心配してた。あたしたちよりも、もっとうまいだれかのほうがいいんじゃないかって、不安だった。

　でも、そうじゃない。あたしたちとやりたいと、はっきりいってくれている。

「あたし……がんばる」

　熱いものが、胸の奥からつきあげてくる。

「絶対に勝つから！」

むくむくと力がわきあがってくる感じ。

「ぼくだってがんばるよ、ミッキー……いや、仲間のために！」

ロボの目が、めらめらと燃えていた。

「わたしだって、こんな卑怯なやり方、ゆるせないからね」

サリナがバシッと、こぶしをてのひらにたたきつける。

「うちも、もっとミッキーと遊びたいにゃん」

ネコが、ぴょんっととびはねた。

「よし、じゃ、アレやるか」

ミッキーが、手をのばす。

ああ、佐久間先生がやってた、アレ？

あたしたちも、順に手をのばして重ねた。

てのひらが、熱くなる。

「ゴー、ファイト、ファーストステップ！」

そんなあたしたちを、タクヤくんたちが、眉をよせて見ていた。

あたしたちは男女にわかれると、楽屋を借りて、衣装に着がえた。きょうのために、ネコが用意してくれたものだ。女の子は、黒いミニスカートに黒いレギンス。ネコのスカートにだけ、やっぱりしっぽがついている。

Tシャツは色ちがいで、サリナは赤、ネコはブルー、あたしはイエロー。Tシャツにも、スパンコールやビーズをぬいつけてくれて、すっごくキュート！

「髪型、アレンジする？」

スタイリストの人がきいてくれた。

「えっと……」

あたしが返事にこまっていると、ネコがすかさず入ってきた。

「うちがやるから、いろいろ貸してくれると、うれしいにゃん！」

「そう？　いいわよ」

スタイリストの人は、ネコのにゃんにゃん言葉も不思議じゃないみたい。その人は、男の人みたいな短髪を半分だけ紫色にそめていて、自分のスタイルにこだわりがありそう。その感じが、ネコと似ているような気もした。

ネコは、スタイリストさんの道具箱から、大きめのホットカーラーをとりだした。

コンセントにさして温めると、それを器用にサリナの長い髪にまいていく。

「イッポには、何がいいかにゃ～」

ネコは、興味深そうにいろいろ見ている。ほんとうに楽しそう。

「おお！　これがいいにゃん！」

それは、金髪の毛束がまじった、ふんわりカールのつけ毛だった。

「えぇ～、ちょっと派手じゃない……？」

おどろくあたしをムシして、ネコはどんどん手を動かす。

「いまの毛をまとめてぇ、横にこのつけ毛をつけてぇ……ほら、かわいい！」

わ……。

ホントに、かわいい、かも。

髪の毛をひとつにまとめて、顔周りに少しだけ後れ毛を残す。そして、左サイドトップに、ふんわりカールのつけ毛をつける。

それは、自分じゃないみたいだった。

テレビなんかで見る、アイドルみたい。

あんな髪型にしてみたいなって思ったことはあるけれど、テレビにでるような人じゃないと、無理なんだと思ってた。

サリナのほうは、カーラーをとった毛先がくるんと丸まって、すっごくかわいい！

「これを、うしろでまとめてと……」

大きな赤いリボンを結ぶと、サリナにぴったり！

「うわぁ、赤いリボン似合ってる！」

サリナがますますかわいく見えて、あたしは感激した。ネコは、持ってきたねこ耳のカチューシャをつけている。

「それもかわいいー！　手作り？」

ちょっと手をくわえるだけで、こんなにかわいくなれるなんて……まるで魔法みたい！

「イッポも、その髪型、決まってるよ」

サリナにいわれて、あたしは照れた。いままで、洋服やアクセサリーに興味なんてなかったけど……けっこう楽しいかも！

「おしゃれってステキにゃん！」

ネコもはしゃいでいる。あたしたちはダンスバトルのことなんて忘れちゃうくらい盛りあがっていた。

トントンとノックされて「はーい」と返事をすると、ロボがひょこっと顔をだした。

あたしたちを見て、目をぱちくりさせている。

「どう？」

三人でならぶと、ロボはムスッとした顔をした。

「女の子はいいよな、いろいろアレンジができてさっ」

ロボとミッキーは、ダボッとしたヒップホップ系の服に着がえている。ミッキーはバッチリ似合ってるけど、ロボはなんていうか……大きすぎるおさがりを着ている感じ？

「ロボ、もうちょっとなんとかならないかなぁ」

あたしがいうと、ロボは顔を赤くして抗議した。

「よ、よけいなお世話だ！」

さっそく、いじけている。

「じゃあ、ロボもアレンジすれば？」

そういって、ネコがジェルをとりだして髪の毛を立たせると……。

「あれ？」

「意外と……」

「イケてるにゃ～！」

いつも真ん中でわけている髪をジェルで立たせただけなのに、印象が全然ちがう。

「そのメガネもとったら……」

あたしがメガネに手をのばすと、

「それだけはダメ！　見えなくなって、おどれない！」

ロボがあわてた。う～ん、残念！

準備がおわったあたしたちは、ステージのそでにいった。

舞台裏では、たくさんのスタッフが走りまわっている。

照明をあてる人、音楽を担当する人、道具を管理する人……。こんなに多くの人が仕事を分担して、ひとつのステージができあがるんだとはじめて知った。

会場には、すでに観客が入っている。満員だ。女の子たちが、手にうちわやライトを持って、ミントブルーを待ちかまえている。

前列にいる熱狂的なファンの子たちが、ロープから内側に入らないように、警備員さんたちが必死になっておさえていた。

百人くらいはいそう。あ〜、緊張してきた……どうしよう！

「あ！　あれ、佐久間先生！」

ファンの子たちにまぎれて、佐久間先生が、一番うしろの席にすわっていた。戸惑った顔で、きょろきょろしている。

「きょう、学校の用事があるっていってたのに……無理してきてくれたんだ！」

サリナの顔が、パッと明るくなった。

「しかし、佐久間先生、ういてるなぁ」

ミッキーが、冷めた口調でいった。そりゃあ、みんな十代だし、きゃぴきゃぴしてるからしょうがない。

「イッポ！」

呼ばれてふりむくと、タクヤくんだった。

「これ、つかって。ヘッドセットマイクっていうんだ。両手がつかえるから、ぼくらもおどるときには、このマイクをつかってる」

「え……いいの？」

こんなの、教えてもらわなきゃ知らなかった。わざわざ用意してくれたなんて……。

「ぼくの歌なんだから、ちゃんと歌ってもらわなくちゃね」

「うん」

そうだよね。タクヤくんにも、いろいろ教えてもらったんだし。

タクヤくんが、いそいでもどろうとした。

「あ、待って！」

「え？」

タクヤくんがふりむく。

「あの、ありがとう！」

タクヤくんは、にこっとわらうと、メンバーたちのほうにかけていった。

「きょうも、ファンのみんなに楽しんでもらおう！」

タクヤくんが真ん中に立って、ミントブルーのメンバーが集まる。

「がんばるぞ！」

「オー！」

あたしたちのように手をあわせてかけ声をかけると、ライトがあたって、ステージがパーッと明るくなった。

「キャアァ～！」って声が、ひときわ大きくなる。タクヤくんたちが走りでていって、スポットライトがあたった。

「みんなぁ、きてくれてありがとう！」

メンバーたちが手をふると、女の子たちも手をふりかえした。会場全体がゆれているような興奮ぶりだ。温度が、一気に五度くらいあがった気がする。

「きょうは、たくさん歌ってダンスもするから、楽しんでいってね」

タクヤくんは、さわやかな笑顔でいった。「タクヤー!」「かっこいい!」って声がとぶ。

「すごいね……」

ファンクラブの子たちを抽選でよんだってきいたけど……あたしには、あの熱狂ぶりが信じられなかった。

「どうしよう。あたし、足がふるえてきた」

こんなにたくさんの人の前でおどるなんて……しかも、あたしたちのことなんて知りもしない人たちの前で。

「わたしだって、緊張してるよ」

サリナまで弱気になってて、心細くなった。

「あんなの、どうってことないさ」

肩越しに、ミッキーがいつも通りの声をだした。

「みんな、楽しみたいだけだ。オレたちに、楽しませてやろうって気持ちがあれば、何とかなる」

ほんとうに？

あたしたちのダンスで楽しんでくれるのかな。

不安ばかりがおしよせる中、ライブはどんどん進んでいく。タクヤくんが歌いはじめると、客席は一層盛りあがった。

タクヤくんの声、すごい……。

はじめてきくタクヤくんの生の声に、背中がぞくっとした。

のびやかで、澄んでいて、きれいな声。少しもぶれることがなく、心の奥にとどいてくる。

それは、まぎれもなくプロの声だった。

よゆうの笑顔で客席にこたえながら、つぎつぎに歌っておどっている。あたしなんて、一分間歌っておどるだけで精いっぱいなのに。

やっぱり、すごすぎる。

ぎゅっとスカートをにぎりしめ、逃げだしそうになっていると、歌いおわったミントブルーが、客席に笑顔で手をふりながらもどってきた。

スッとあたしの横をすぎると、とたんに苦しそうな顔をして、はぁはぁと息をきらした。さっきまでの笑顔がうそみたいに、両手をひざについている。

「だ、だいじょうぶ!?」

あたしは、おどろいて目を丸くした。汗ひとつかいていないように見えたのに……実際は、汗でびっしょりだ。ミッキーがだまって水のペットボトルをさしだすと、タクヤくんは無言で受けとって、ごくごくと飲んだ。他

のメンバーも同じで、マネージャーから水を受けとっている。

五人は休む間もなく、また笑顔でステージにもどっていった。

すごい……。あれが、プロっていうことなんだ。

タクヤくんたちはお客さんを楽しませようと、いっしょうけんめいにがんばってい
る。

「サンキュー！　盛りあがってくれてうれしいよー！」

タクヤくんが手をあげると、それに応えるように、女の子たちも手をふる。

「つぎは、ちょっとしたサプライズを用意しているんだ」

「えーなになにー？」

女の子たちが、ききかえす。

「ぼくの友だちが、ダンスをおどってくれるっていうから」

とたんに、「えー！」と大さわぎになった。

「ミントブルーを見にきたんだよ！」

「他のダンスなんか、興味なーい！」

めちゃくちゃブーイング！

ああ、こんなステージじゃ、やっぱりおどれない。このまま中止になってくれれば、とさえ思う。

「そんなこといわないで」

客席を見まわして、タクヤくんがやさしく声をかける。

「実はこれ、ダンスバトルなんだ」

「ダンスバトルぅ？」

女の子たちが首をかしげる。

「うん。ぼくらとどっちがうまいか、みんなに判断（はんだん）してほしいんだよ」

「そんなの、決まってる！」

「ミントブルー！」

わっと、笑い声が広がった。

「ねぇ……これじゃあ、勝負にならないよ」

ステージのそでで、あたしはささやいた。

「ホント……。やっぱりやめようよ、ミッキー！」

サリナもあせって、ミッキーの腕をひっぱった。

「ダメだ。オレはタクヤに伝えなきゃいけないことがある」

「そんなの、また今度でいいじゃない」

「いま、ダンスで伝えなくちゃダメなんだ」

サリナはだまりこみ、あたしもそれ以上いえなかった。

「みんな、ちゃんと公平に審査してよね！」

タクヤくんがほほえむ。

いったい、何を考えているんだろう？　タクヤくんは、ファンのみんなを楽しませたいと、心から願っているはず。もし、あたしたちが失敗して、ステージがめちゃくちゃになったら……。

そこまで考えて、ハッとした。

タクヤくんは、ミッキーを……あたしたちを信じてくれているのかも。

「それじゃあ、まずは、ぼくらからいくね！　メドレーでおどるから、みんなきいて！」

メドレーときいて、会場はさらに盛りあがった。

メドレーっていったら、それぞれの曲の一番いいところをつなげているわけだから、ファンの子たちにとってはたまらないだろう。

それにしても……。

タクヤくんたち、ずっとステージで歌ったりおどったりしてたっていうのに、メドレーも最初からパワー全開。

ビートの速い曲にのって、ジャンプしたり、速いステップをふんだり。

うちのチームは、他の人がソロをおどっている間、少しは息をつけるし、歌うのはあたしだけ。でもミントブルーは、メインボーカルのタクヤくんをはじめ、他のメンバーも全員が歌っておどっている。

しかも、ずっと笑顔で……。

後半になっても、かわるがわるバク転したり、左右から側転をして交差したり、派手なパフォーマンスでファンの子たちを楽しませていた。

「さすがだな」

ミッキーがつぶやいた。

「ファンの子たちを喜ばせたいっていう気持ちで、必死なんだ」

「え……じゃあ、勝負のことは？」

「タクヤたちにとって、いまはファンの子たちを楽しませるほうが大事だよ。オレたちだって、見ている人たちのことだけを考えればいいんだ」

そう……か。

いままであたしは、タクヤくんやファンの子たちを敵のように感じていた。でも、そうじゃない。タクヤくんはみんなを楽しませたいと思っていて、みんなは楽しみたいと思っているなら……ここにいるみんなが、仲間なのかもしれない。

もう何曲歌ったかわからないほどなのに、タクヤくんの声には張りがあって最初と変わらない。ミントブルーのみんなだって、つかれた顔ひとつ見せていない。

ミッキーは、アイドルだって、あたしたちと変わらないなんていってたけど……。

やっぱり、ちがうところもある。

きっと、すごく努力して、力をあわせてがんばってるんだと思う。

ミントブルーの動きにあわせて、観客の女の子たちも、両手をふっておどっている。

ステージと客席が一体になって、いい感じ。

タクヤくんが歌ったあとマイクをさしだすと、みんなも歌をかえす。こういうやりとりも、いいなって思った。

「サトシー！」「リュウセイー！」なんて声もあがる。タクヤくんだけじゃなく、他のメンバーにもそれぞれファンがいて、元気をもらってるんだ。

ほんとうに、勝ち負けなんてどうでもよくなってくる。

でも、不安もあった。

この盛りあがりのまま、あたしたちがステージにあがっても、相手にされないような気がする。

「オレが、流れを変えてやるから」

あたしの心を読んだように、ミッキーがつぶやいた。

それをきいて、サリナが眉をよせる。

「何いってんの？　見てよ。もう、ミントブルーの独擅場だよ。いくらミッキーだって……」

「いや、オレならできる」

ミッキーが、ニヤリとわらった。

ドキッ！

自信満々の顔。あたしは、この顔に弱い……百パーセント信じられる気がしてしまう。

メドレーがおわって、大きな拍手（はくしゅ）がわいた。額（ひたい）に汗（あせ）をうかべたタクヤくんの声が、高らかに響（ひび）く。

「じゃあつぎは、いよいよ友だちのダンスチーム、ファーストステップ！」

「いくぞっ」

ミッキーが、ステージにとびだしていった。

10 つながるKI・SE・KI

ミッキーが、ステージの中央に向かって側転し、バク転する。

「わぁ！」

いきなりの派手な登場に、女の子たちが目をみはった。

「あの子、だれ？」

「かっこいい〜」

そんな声が、あっちこっちからきこえてくる。あたしたちは、ステージの雰囲気に戸惑いながら、おずおずとミッキーの横にならんだ。

学校の体育館の舞台とは、全然ちがう。

まっすぐにつきさしてくる照明がまぶしくて、思わず顔をしかめた。熱さと緊張で、じんわりと汗がうかぶ。客席との距離も近くて、ひと目で会場全体が見わたせた。

あたしは客席に圧倒されて息苦しいほどなのに、ミッキーは平気な顔をして、いつもよりもいきいきしているようにさえ見える。

ミッキーって、やっぱりステージが似合っている。

一瞬で、客席の心をぐっとつかんだ感じ。女の子たちの視線は、ひたすらミッキーにそそがれていた。

「名前、なんていうのー？」

「いつデビューするの!?」

そんな質問に、ミッキーは慣れたようすで舞台にあるマイクを手にとると、堂々と答えた。

「オレはミッキー。デビューなんてしないよ」

「え〜、どうしてぇ？」

そっけない態度が、ますます女の子たちの興味をひきよせているようだった。

たぶんああやって、ミントブルーのファンの子たちをふりむかせようとがんばってくれているんだろうけど……女の子たちにきゃあきゃあいわれているミッキーを見ていると、なんかフクザツ……。

「みんなぁ！」

タクヤくんがミッキーのマイクをうばって、となりで話しはじめた。

「ミッキーは、ぼくの友だちなんだよ！」

声に、あせりがでているような気がした。ファンの気持ちがミッキーにいってしまうのは、やっぱりいやなのかもしれない。アピールするように、ミッキーの肩に手をまわした。

「いまはやめちゃったけど、テレビや雑誌で活躍してたんだ」

「あー、やっぱりー」

「素人じゃないよね～」

なんだか盛りあがっちゃって、あたしたちは置いてきぼりって感じ。

「どうしてやめちゃったの⁉」

女の子たちが、熱い視線をミッキーに送っている。

「いや、もしかしたら、復帰するかもしれないよ。ミントブルーの……」

いいかけたタクヤくんのマイクを、今度はミッキーがうばいかえした。

「ひとりで、思いきりダンスをしたいと思ったからかな」

その言葉に、あたしはドキッとした。

「じゃあ、きょうきている子たちは、仲間でもなんでもないってこと？」

タクヤくんがあたしたちを見ながら、ミッキーを試している。

「そうじゃない、っていうか……」

すぐに否定したけど、ミッキーは答えにつまってしまった。

「それは、オレたちのダンスを見てくれればわかるから。応援してくれよな！」

そのひとことで、会場がわぁっと盛りあがった。「がんばれ〜！」「楽しみ！」なんて声もあがる。

いよいよ、あたしたちの番……。

ネコ、ロボ、サリナ、ミッキー、あたしの順にならぶ。

それぞれに、スポットライトがあたる。観客席の女の子たちの視線を感じた。

あたしはうつむいて、目をぎゅっととじた。
体の中に、鼓動を感じる。リズムを感じる。
一瞬しずかになって、テンポの速い洋楽が流れてきた。
一斉に、バッと顔をあげる。
ダウンのリズムでクラップ。
ワン、ツー、スリー、フォー。
ジャンプ、キック、ターン！
キックのタイミングが、ぴたりとあった。
よしっ！
体が、スッと軽くなる。
前後にステップ、左へ二歩、右へ二歩、ターンして、ジャンプ。
タンッタタ、タンッタタ、タ……。
最初は、ちっともあわなかった。ターンをすれば体がよろけるし、ステップをふん
でもバラバラで。でも、いまはちがう。ぴたりとそろったステップの音は力強く、ひ

とりじゃないと実感できる。

会場のうしろに目をやると、佐久間先生の笑顔があった。

そうだ、笑顔！

楽しいから、わらう。わらうから、楽しい。ダンスをしていると、自然とそんな笑顔になれる！

もう、頭の中でカウントをとらなくてもだいじょうぶ。耳をすまして、音楽に身をまかせればいい。

ウキウキとはずむような気持ちで、ニュージャックスイング！

練習のときの風景が、つぎつぎによみがえった。

つらいことも苦しいこともあったけど、思いだすのはみんなの笑顔だけ。

クラブステップ。ターンしてクラップ！

ぴたっとあって、気持ちいい！

曲調が、ガラリと変わる。

クラシックの重厚さを残した、アップテンポのかっこいい曲。

緊張した顔のサリナが前にでて、他のメンバーはうしろに下がる。応援するような気持ちで、ダウンのリズムをとりながらクラップ。ミッキーが会場にも目を向けて、さそうように頭の上でクラップする。それを見たあたし、ネコ、ロボも同じようにすると、客席からも手拍子がおきた。

サリナに、スポットライトがあたる。

両手を前で交差した、バレエらしい優雅なポーズから、つま先をつかったターンとステップ。空気をはねとばすような、連続スピン。体の中にバネが入ってるような、高くてしなやかなジャンプ。

バレエだけど、バレエじゃない。

こんなにかっこいいダンス、はじめて見た！

会場からも、「わあ～」「すごーい」って声がして、女の子たちが憧れの目で見つめているのがわかる。

サリナのソロがおわって、音楽が変わった。ちょっとコミカルな、明るい曲。

ぴょんっととびだしたネコが、にゃんっとまねきねこの手をした。カチューシャの耳がかわいくて、お尻のしっぽがゆれている。

「ねこだぁ！」

女の子たちから、くすくすと笑い声がおきる。

すまし顔で、トントントンと軽やかなステップ。

大きくジャンプした後、きょろきょろと見まわす。

忍び足で歩いて、くるりと前転。

びっくりしたようにバク宙して、トンッと着地。

ねこのしぐさをマネしたミュージカル風のダンスに、みんな目がはなせないみたい。

「おもしろ～い！」

「本物のねこみたい！」

女の子たちも楽しんでいる。

最後に「にゃーお」っていいながら、もう一度まねきねこの手。あたしたちも同じように「にゃーお」ってすると、わっと笑い声がおきた。

また音楽が変わって、中国の民族舞踊風になる。空気が一変して、みんなが怪訝な顔をした。

　ぎこちなくロボが進みでて、おいてあった上着をパッと羽織る。

　そして、長い剣をひろいあげた。

　両手を組んで頭を下げてから、ゆっくりと動きだす。

　剣をふりあげ、素早くターン。

　片足を前にのばしたまま、もう片方の足をまげて、ぐっと体を沈みこませ、パッと立ちあがる。地味だけど、筋力と柔軟性がないとできない技だ。

　空気をきりさくような剣さばきも、様になっていた。

　ゆっくりした動きと、素早い動きを織りまぜている。

「なんか、かっこよくない？」

「うん……背も高いし、好みかも～」

　客席の声に、あたしはおどろいた。ミッキーならわかるけど、ロボがかっこいい？

　たぶん、教室では、いわれたことのない言葉だと思うんだけど……。

　ロボは集中して、ひたすら体を動かしつづけている。

「えいっ、はっ！」
気合いとともに、足を払ってジャンプ。
ぴたりと止まってポーズ。
おわって、スーと呼吸をととのえた。
とたんに、また曲調がガラリと変わる。
かっこいい洋楽とともに、ミッキーがおどりでた。
前転して中央にでると、「やったな！」というように、ロボの腕をこぶしでついた。
ロボと入れかわると、ミッキーのステップがさく裂した。
音楽に乗って、つぎつぎと変化する。
クラブステップ、ランニングマン、ニュージャックスイング……。
色とりどりのライトをあびながら、手足を動かし、ジャンプする。
とびちる汗をものともせず、笑顔で楽しそう。
そのパワーとエネルギーが、客席にも伝染していった。
「キャー！」「すごい！」って声が、会場をおおいつくす。

ミントブルーのときとは、ちがう興奮。
最後は、体中をかけめぐるような、ミッキーのボディウエーブが決まった。
「わぁ！」
大歓声の中、とびきりの笑顔のミッキーが、片手をあげてもどってきた。
パチンッ！
反射的にあげたあたしの手に、ミッキーがハイタッチ。
「あとはたのむぞ、イッポ！」
イッポ？
ミッキーが、イッポっていった？
サリナも、ロボも、ネコも、あたしを見ていた。客席から、佐久間先生も見ている。
てのひらが、じんじんと熱い。
はじめの一歩をふみだして、あたしはステージの中央に向かった。
ミントブルーの「KI・SE・KI」のイントロが流れだす。
女の子たちが、「え？」とびっくりしたように、きょろきょろした。

それまでの空気が一変し、戸惑いにかわる。ざわざわと空気がゆれる。

そのようすにあたしまであせって、一瞬、集中力が途切れた。

あれ……会場に流れる音楽と、ヘッドホンからきこえてくる音楽が、ずれてきこえる気がする！

慣れないマイクに、歌いだしのタイミングがわからなかった。

迷っているよゆうはない。

「みんな、お願い！　いっしょに歌って！」

思わず、さけんでいた。

最初にきこえてきたのは……タクヤくんの声!?

つづいて、うしろからサリナたちの歌声もきこえてくる。会場の女の子たちも、声をあわせてくれた。

みんな、助けてくれている……。

胸が熱くなって、あたしの口からも、はっきりと声がでた。

歌ううちにマイクにも慣れてきて、だんだん気持ちも落ちついてくる。歌にあわせて手足が動きだすと、体がどんどん軽くなって、笑顔でステップをふめた。

心をこめて歌おう。あたしらしい、歌い方で！

♪仲間に出会えたKI・SE・KI　いっしょに歩いていこう
　いまはまだ遠いけれど　夢をつかむために……

サビの部分を歌いながら、仲間のところでてのひらをあわせて、ぐるっとまわした。

歌をダンスで表現できないかなって思ったときに、思いついたのが手話だった。全部を手話でやるのは無理だけど、「仲間」っていうフレーズに思いをこめたかった。

ここにいる、みんなが仲間。

そんな思いをこめて、くんだてのひらを客席に向かって大きくまわす。

いまなら、タクヤくんがどんな気持ちでこの詞を書いたのかわかる。

ここにいる、みんなとの出会いも奇跡だから。

そんな出会いを、あたしも大切にしていきたい。

あたしのソロがおわり、五人そろったダンスがはじまる。

客席からは、手拍子がつづいていた。

腕を大きくふりあげて、大きくステップをふむ。

体の中のエネルギーがはじけて、気分がどんどんハイになる。

このままずっと、おどっていたい！

あたしたちは一列になって、ぐっと手をつないだ。

ネコから送られたウエーブが、ロボ、サリナ、ミッキーを通ってあたしまでとどく。

もう一度ウエーブを返すと、みんなでつないだ手を高々とあげた。

音楽がおわった後も、歓声はやまない。

ミントブルーのみんなも、笑顔で拍手してくれている。

なんか、もったいない……。

このまま、おわりたくない！

そう思ったら、「KI・SE・KI」のサビの部分を口ずさんでいた。マイクを通して会場に広がると、みんなもいっしょに歌いだす。

♪仲間に出会えたKI・SE・KI　いっしょに歩いていこう

ミッキーたちも、頭の上でクラップしながら歌いだす。

♪いまはまだ遠いけれど　夢をつかむために……

舞台そでにいたタクヤくんが、かけだしてくる。

「オーケー！　じゃあ、もう一度！」

タクヤくんが素早くスタッフに指示をだすと、すぐに「KI・SE・KI」のイントロが流れてきた。ミントブルーのメンバーも、あたしたちのいるステージにでてくる。

ミッキーとタクヤくんが、こぶしをあわせ、ガシッと手をくむ。そして、その手を高くあげた。ファーストステップとミントブルーのメンバーも、交互に手をつなぐ。

「ぼくらのウエーブを送るから、みんなも手をつないで受けとって！」

タクヤくんがいうと、会場の女の子たちは顔を見あわせながら、手をつないでいく。
ミッキーがウエーブを送りはじめて、一番はしにいたあたしはステージからとびおりた。一番前の列の女の子の手をとり、にっこりとうなずく。とどいたウエーブを送ると、女の子たちは照れながら、つぎつぎととなりの子に送っていった。
友だち同士の子も、知らない子同士も、まようことなく手をつなぎ、ウエーブを送る。ウエーブを送りながら、タクヤくんの歌声にあわせて、みんなが歌っていた。

♪仲間に出会えたKI・SE・KI（キセキ）
いっしょに歩いていこう
いまはまだ遠いけれど　夢（ゆめ）をつかむために……

曲がおわっても、タクヤくんはサビの部分を歌いつづけてくれた。みんなもいっしょに合唱して、ウエーブがつづく。女の子たちの手をつぎつぎに通って、一番うしろの佐久間（さくま）先生までとどいた。

STEP

合図をするように先生の手があがって、わーっと拍手（はくしゅ）がわいた。

みんな、となりの人とハイタッチ。

興奮（こうふん）の渦（うず）が、会場をつつみこむ。

タクヤくんが一歩足をふみだすと、波がひくようにしずかになった。

「あの……」

声がつまる。

「こんなこと、予定に入ってなかったから、ぼくもびっくりした。でも、楽しかった……」

照れたような、こまったような顔をする。女の子たちから「サイコー！」「よかったー！」って声があがる。

「さっき、ミッキーのダンスを見て、思いだしたよ。はやくデビューしたくて、いっしょうけんめいダンスのステップをおぼえた、あのころのことを……」

ミッキーがソロのダンスにこめた思いは、タクヤくんにちゃんと伝わったんだ！

あたしたちにおしだされるようにして、ミッキーが中央にでる。ぶっきらぼうに、顔をしかめてマイクを受けとった。

「さっき、うまく答えられなかったけど……」

えっと……なんだっけ？

「オレは、ダンスなんて、ひとりでもできると思ってた。でも……」

ああ、あたしたちが仲間かどうかっていう質問？

「仲間がいれば、がんばれる。いっしょにおどると、楽しい。そういうのは、ひとりじゃかなわないって、今回のバトルでわかった」

ミッキー……。あたしの胸も熱くなる。

「オレがいま、ここでこうしていられるのは、いい仲間と出会って、支えられてきたからなんだって……タクヤやみんなのおかげで気づいたよ」

ミッキーがタクヤくんにうなずくと、タクヤくんもほほえんだ。

「うん。ぼくもわかった。同じステージに立ってなくても、ぼくらはずっとライバルだし、仲間だ」

もう一度手をくむふたりに、拍手がわく。

「ステキ！」

「ふたりとも、最高！」

勝ちも負けも関係ない。ほんとうに、奇跡がおきたみたい！


楽屋で着がえて帰りの用意をしてでると、タクヤくんが待っていた。

「イッポ、ありがとう」

タクヤくんが手をさしのべてきて、あたしは照れながら握手をした。

「わかったよ。ミッキーが、きみたちとおどってる理由」

ちらっと見ると、ミッキーがまたマネージャーの人とこそこそ話していた。頭を下げて、何かいっている。復帰するつもりはないことをいってるのかもしれない。

「イッポのいう通り、ミッキーは何も悪くないって、ぼくにもわかってた。でも、つい意地になっちゃって……。ミッキーのこと、よろしくね」

タクヤくんはミッキーのことを、ほんとうに好きだったんだなぁと思う。男の友情って、よくわからないけど、なんかうらやましい。

「また、いっしょにおどってくれる？」

「もちろん！」

あたしは笑顔でうなずいた。

はにかんだタクヤくんの笑顔は、心からのさわやかな笑顔だった。

帰り道、もう日がくれかけている中、あたしたちは見知らぬ街の商店街を、駅に向かって歩いた。

「あ～、マイクで歌うのって、気持ちよかったなぁ！」

あたしはステージを思いかえしながら、うっとりとした。

「また、歌わせてくれないかなぁ」

「ふん、ビビッて助けを求めてたくせに、ずーずーしいな」

ミッキーが、いたいところをついてくる。

「そりゃあ、あんなに大勢（おおぜい）の前で……はじめてだったし」

「大勢だろうが何だろうが、一旦（いったん）ステージに立ったら……」

ミッキーのお説教がはじまる。

佐久間(さくま)先生が苦笑いをして、「まぁまぁ」と助け舟(ぶね)をだしてくれた。

「あと、オレをミッキーって呼(よ)ぶのは、百年はやいからな」

「えー！　自分だってさっき、イッポって呼んでたじゃない！」

「あれは、オマエのテンションをあげてやるために、とりあえず呼んでやったんだ」

せっかく、やっと認(みと)めてもらえたと思ってたのに！

「素直(すなお)じゃないね〜」

「そんなところも、かわいいにゃん！」

サリナとネコがからかうと、ロボがいじけた。

「どうせぼくは、かわいくないしぃ」

ロボといえば……あたしは、ステージで耳にしたことを思いだした。

「そういえば、ロボ、女の子に大人気だったね」

「あ、イッポも気づいてた？『わたしの好み〜』とかいってる子、いたよね〜」

あたしとサリナの会話に、ロボがすごい勢(いきお)いでわって入ってきた。

「だ、だれ!? どこの子？ 何列目？」

「そ、そんなのおぼえてないよ」

「ねぇ」

あたしたちがうなずきあうと、ロボが頭をかかえた。

「うわ～！ それ、きいてない！ そんなこといわれたの、はじめてだったのにぃ！」

うずくまるロボの肩を、ネコがぽんっとたたいた。

「また、かっこよくしてあげるにゃん♪」

「それよりさぁ……」

ミッキーが、わらっている佐久間先生に顔を向けた。

「ミントブルーのマネージャーに調べてもらったんだ。結城綾香って子のこと」

「え？」

佐久間先生は、何のことかわからないというように首をかしげた。

「ほら、やっぱ、その道の人にきいたほうがはやいだろ？ わりとめずらしい名前だし、わかるかもしれないと思って。その人さ、シンガポールに引っ越して、ＡＹＡって芸名でミュージカルの劇団にいるらしい」

え……。

「えぇ!?」

AYA？　シンガポール？

「……だから、日本で調べてもわからなかったんだ」

佐久間先生がつぶやいた。外国で、しかも芸名をつかってたら、一般の人にはわからないに決まってる。

ミッキーが、マネージャーとひそひそ話していたのを思いだす。

佐久間先生のために、調べてもらってたなんて！

「もー、そういうことなら、先にいってよ！」

あたしはうれしくて、思わずミッキーの背中をバシッとたたいた。

「いって〜！　何すんだ！」

ミッキーが顔をしかめる。

わわ、力が入りすぎた！

わらいながら、佐久間先生が目のふちをぬぐった。

「もう、あんたたちは、ほんとうに……」

ぐすんと鼻をすすって、ひとりひとりを見つめる。

「いいチームだと思うよ」

そういいながら、あたしたちの頭を順番にぐりぐりとかき回した。

「きゃ～！」

「やめてぇ！」

アハハと、大声でわらいあう。

街をいきかう人たちが、ふりかえる。

ファーストステップ。

これが、あたしたちの第一歩だ！

あとがき

工藤純子

みんなは、好きなアイドルっていますか？　わたしは小学生のころ、かっこいい男性アイドルの雑誌の切りぬきを集めたり、歌を口ずさんだりしていました。テレビの中のアイドルって、かっこよくてかわいくて、あこがれますよね。もし、そんなアイドルに会うことができたら、そして、ダンスバトルをするなんてことになったら……、どうしますか!?

以前は、アイドルって特別な存在だと思っていました。でも、テレビのドキュメンタリーやブログのコメントを見ているうちに、ふつうの人と変わらないところもたくさんあるんだなぁと思うようになりました。だったら、ダンスバトルだってできるかもしれませんよね!?　想像するだけで、ワクワクしちゃいます。

でもイッポたちは、やっと五人集まったばかり。それでもたがいにはげましあって、自分たちのダンスを完成させようとします。心をひとつにしてがんばるってステキ！

わたしも学生時代、そんな仲間たちがいました。そして大人になったいまも、仲間に会うと昔にもどった気分になります。いっしょに苦労したり、喜びあったりした大切な時間が、いまのわたしを支えてくれています。だからみんなにも、いい仲間を作ってほしいな。

さて、次回はなんと、夏休みにダンス合宿にいくお話！　サリナのお姉さんもやってきて、チームは大混乱になっちゃって……。今度は、どんなダンスを見せてくれるかな？　どうぞ、お楽しみに！

最後に、いつもすばらしいイラストを描いてくださるカスカベアキラ先生、内容をチェックしてくださったダンサーの西林素子さん、どうもありがとうございました！

作●工藤純子（くどう・じゅんこ）

東京都在住。てんびん座。AB型。

「GO！GO！　チアーズ」シリーズ、「ピンポンはねる」シリーズ、『モーグルビート!』、「恋する和パティシエール」シリーズ、「プティ・パティシエール」シリーズ（以上ポプラ社）など、作品多数。『セカイの空がみえるまち』（講談社）で第3回児童ペン賞少年小説賞受賞。

学生時代は、テニス部と吹奏楽部に所属。

絵●カスカベアキラ（かすかべ・あきら）

北海道在住の漫画家、イラストレーター。おひつじ座。A型。

「鳥籠の王女と教育係」シリーズ（集英社）、「氷結鏡界のエデン」シリーズ（富士見書房）など、多数の作品のイラストを担当。児童書のイラスト担当作品としては、『放課後のBボーイ』（角川書店）などがある。

学生時代は美術部だったので、イッポたちと一からダンスを学んでいきたい。

図書館版　ダンシング☆ハイ
アイドルと奇跡のダンスバトル！

2018年4月　第1刷

作　工藤純子
絵　カスカベアキラ
発行者　長谷川 均
編集　潮紗也子
発行所　株式会社ポプラ社
〒160-8565　東京都新宿区大京町22-1
振替　00140-3-149271
電話（編集）03-3357-2216
（営業）03-3357-2212
インターネットホームページ　www.poplar.co.jp
印刷・製本　図書印刷株式会社
ブックデザイン　楢原直子（ポプラ社）
ダンス監修　西林素子

ISBN978-4-591-15775-6 N.D.C.913/215p/20cm

本書は2015年4月にポプラ社より刊行された
ポケット文庫『ダンシング☆ハイ　アイドルと奇跡のダンスバトル！』を図書館版にしたものです。